U0120997

贫困旅行记

[日] 柘植义春 著

徐建雄 译

中国友谊出版公司

目录

1

旅途照片一

昭和四十五年（1970）十月　福冈县筱栗灵场一番寺的瀑布

昭和四十五年（1970）五月　福島県会津木賊温泉

昭和四十五年（1970）八月　瀬戸内六島

昭和四十五年（1970）十月　福冈县筱栗灵场御手洗瀑布

昭和四十五年（1970）十月　大分县国东半岛姬岛

昭和四十六年（1971）三月　冈山县牛窗

昭和四十六年（1971）五月　福岛县柳津西山温泉附近

昭和五十一年（1976）九月　秋田县黑汤

昭和四十四年（1969）九月　秋田县蒸之汤

2

蒸发旅行日记

蒸发旅行日记

　　我读了深泽七郎[1]的《风云旅行日记》，发现他的旅行方式十分奇特。他说："所谓旅行，通常就是出去观光，跑一圈就回来了。而我却大不相同，一到目的地就住下不走了。"其实，我以前也采取过类似的旅行方式，尽管没有真的"住下不走"，但确实是这样计划着出发的。

　　那是昭和四十三年（1968）初秋时节的事了。目的地是九州。我之所以会打算去了那儿就"住下不走"，完全是因为我的结婚对象住在那儿。然而，话虽如此，我与那位女性却素未谋面，只通过两三封信，知道她是我的崇拜者，痴迷于我的漫画，最近刚离婚，在妇产科当护士，仅此而已。

　　"会是个什么样的人呢？"

　　我心中暗忖道。

　　"要是太难看的话，我是吃不消的。只是稍微丑点就忍

---

1. 深泽七郎（1914—1987），日本"战后一代派"小说家，吉他演奏家。代表作《楢山节考》《东北的神武们》等。

忍吧。"

不管怎么样，只要结了婚，也就有了把自己羁留在九州的理由。到那时，我也就不画漫画了，找个差不多的工作干干，就在那遥远的九州，云淡风轻地过日子吧。

"结过婚的女人反倒好相处些嘛。"

我一厢情愿地觉得她肯定会跟我结婚的。

我往口袋里塞进二十多万日元的现金和一张时刻表，一身轻松地跳上了新干线。我租的那个房间就那么放着也没打招呼，里面除了书桌和被褥什么都没有，估计我消失之后，房东也不会觉得有什么麻烦吧。其余的事，我也没怎么考虑。

我在名古屋换乘了纪势线，然后在三重县的松阪住了一宿。第二天坐近铁¹到达大阪时，已时近中午了。此时离去九州的列车的发车时刻，尚有一个小时。于是我就去车站的地下商场喝了杯咖啡，稳一稳自己的心神。老实说，直到名古屋为止，还是十分舒畅的，可从大阪再往前，由于我还从未去过，心里就惶恐了起来。如果是普通的观光旅游，自然是心驰神往、欣喜无比的，可我这次却并非如此，就不免有些优柔寡断了。其实，昨天之所以会顺道去松阪绕一下，也是心生犹豫、首鼠两端的结果。

"要不，还是算了吧。"

---

1. 近铁，近畿日本铁道的简称。由大阪线、山田线、奈良线、南大阪线和名古屋线等组成。

我仍然犹犹豫豫，举棋不定地走出了店门，抬头一看，眼前耸立着中央邮政局大楼。虽然是星期天，邮政局的营业窗口还是开着的。这个偶然映入眼帘的邮政局立刻中止了我的九州之行。我在那儿买了一张明信片，给千叶的一家熟悉的旅馆发了一封预约信。因为我想到，九州之行虽说中止了，可就这么回东京去也没什么意思，不如先在大阪附近稍微逛一下，然后去千叶放松几天。

回到大阪车站时，开往九州方向列车的发车时刻，已经迫在眼前了。尽管我已经寄出了预约信，但还没有彻底死心。要是现在不毅然前行，恐怕就没有第二次机会了。倘若就这么退回到以往的日常生活，就又得过那种索然无味、郁郁寡欢的日子了。那也实在叫人烦闷难耐。这时，从站台处突然传来了烦人的铃声，也不知是开往哪儿的列车发车了。开往九州的列车，也只剩下最后五分钟了。在铃声的催逼下，我终于横下心，以演员冲上舞台的决绝，买了张去小仓的车票，跳上了即将启动的列车。

列车一开动，我终于长出了一口气，却又觉得"没想到蒸发竟也如此艰难"。这就跟生活在现实中的演员冲上舞台后，彻底变成另外一个人似的。听说有些演员在舞台两侧候场时，会因极度的紧张和惶恐不安而恶心或尿急。不过，舞台总有落幕的时候，而"蒸发"是没有落幕的，必须一直表演下去。必须活出另一个人生来。然而，只要一直演下去，

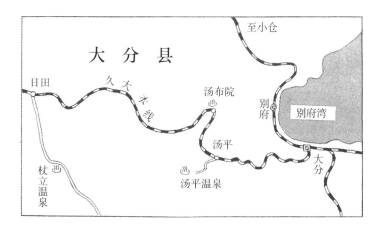

　　表演也终将成为平凡的日常，成为现实吧。这些道理尽管我心知肚明，可我已经冲了出去。

　　列车飞驰，发出沉闷的"嗡嗡"声。我没能一下子变成另外一个人，为了消除残存的紧张感，一直闭着眼睛。过了广岛后，车内的广播介绍起安艺的宫岛[1]来。这时，我才睁开眼睛并将视线移向车窗，发现车窗玻璃上停着一只大苍蝇。或许是车内冷气太足，苍蝇已筋疲力尽，它就这么待着，一动也不动。我没心情远眺宫岛，只是一个劲儿地盯着那只苍蝇看。

　　这只苍蝇与我一样，也是在大阪上车的吧。看来它也只得如此这般地前往九州了。到了九州，它就再也回不去了。

---

1. 安艺是日本古代国名，相当于今广岛县的西半部。宫岛又名严岛，著名的旅游胜地。

那么它在九州又会如何活下去呢？

我心不在焉地如此暗忖着。

过道对面的座位上，一位年轻的女性和一个上了点年纪的妇人正在聊天。聊的是九州的事情，不过她们似乎并非同伴。车过小郡一带之后，我跟那位年轻的女性搭话道："九州是个什么样的地方？"

听我这么一问，这个十分爽快的姑娘就告诉我说："去九州观光吗？水前寺公园不错哦。"

"这个公园在哪儿呢？"

"在熊本呀。我就是回熊本去的，要不要我给你做导游？"

她说她在大阪做女工，现在回熊本去。我心想："熊本也不错啊。"

要不就随着这姑娘去，跟她结婚吧。其实跟谁结婚都无所谓。就说小仓的那个护士吧，不也没见过面吗？再说这个姑娘的人品我已经有所了解，感觉挺好的。只有一点叫人放心不下，她说是回熊本的老家去。既然是回老家，那么家里应该还有父母兄弟吧。这就比较麻烦了。如此这般地沉吟了半晌，最后我还是抛开了这个念头，在小仓下了车。

此时的小仓已笼罩在暮色之中，车站前亮起了五光十色的霓虹灯，显得十分热闹。夜幕沉沉，站在陌生街市拥挤的人流中，我的内心无比惶恐。想要找旅店，也不知道该往哪个方向走。那个护士所在的T医院，我也只知道地址，却不知道离这儿是远是近。当然了，打个电话问一下也就知道了，可不先把住处安顿下来，心里总是有点不着不落的。四下里看了一下，发现一个旅馆介绍处，上前一打听，就给我介绍了一家名叫"新月"的旅馆。旅馆来了一个微胖的中年妇女接我。我离开车站，跟着她默默地朝右边走去，可又觉得她是个拉客的，似乎要将我领到那种不三不四的地方去，心里也就越发惶恐了。走进了像是小仓最热闹的鱼町商业街后，就看到了那家新月旅馆，对面则是一家弹珠店[1]。旅店的门面不怎么敞亮，跟情人旅馆似的，可被领进去之后，却发现是一家较大的商用旅店，见四五个中年女服务员也都挺直爽的，我这才放下了心来。

夜里九点左右，我给那位护士（暂且称其为S吧）所在的T医院打了个电话，可今天是星期天，S休息。她应该是住在医院里的，这会儿估计是出去了吧。

第二天早晨，早早地吃了早饭，我就跑出去了。由于这儿离车站很近，所以上班和上学的人很多，熙熙攘攘，行色匆匆，全都透着一股行将开启新的一天的活力。我忽然觉得唯独自己是游离于生活之外的，感到既惭愧又落寞。不仅如此，我甚至还感到了某种危险：作为一个外来者，若无其事

---

1. 弹珠店，利用弹珠游戏变相赌博的店，也称柏青哥店。

小仓站前鱼町商业街

地混迹于人群之中，带着像是隐瞒了真实身份似的心虚和内疚，万一暴露了，会不会遭到围攻，被他们痛打一顿呢？即便外来者，如果仅仅是一个游客，想必也无可厚非，但"蒸发"这一行为，本就伴随着一种脱离日常、现实，甚至是悄然逃离人世的奇妙心态。一个逃离人世的人，却假装若无其事地混迹于九州的人世间，那么倘若暴露了自己的真面目，将会有何种遭遇呢？我不免心怀恐惧。

鱼町商业街的入口处，就是上岛咖啡店。漫无目的地闲逛着的我，立刻走了进去。店里客人很多，都像是上班前的工薪族。他们匆匆忙忙地喝着咖啡，"哗啦哗啦"地翻看着报纸。我是穿着日常便服出来的，似乎并没有被他们当作外来者。不过我也装出忙碌的上班族的样子，摊开报纸，并将目光投在了招聘栏和租房信息栏。虽说我确实需要这些信息，却也动了一点小心思：浏览这些游客不必关心的招聘、租房信息（尽管根本没人注意到这一细节），或许能让我看起来更像一个本地人。不过我看着报纸，其实也是心不在焉的。

从上岛咖啡店出来，我就暂且回了趟旅馆，到了吃午饭的时候，我又出来了。我在外面吃饭，基本上是去那种提供盖浇饭的大众食堂，这次也是，看到了一家类似的饭店，我就钻了进去。这是一家让客人坐在柜台前用餐的小店，有两个男的，像是附近的熟客，正在跟老板娘开着无伤大雅的玩笑。老板娘十分热情，看样子也是会跟我搭话的，弄得我十分紧张。因为我不会说九州方言，一开口就会暴露外来者的身份。

饭后，为了消磨时间，我就去散散步、打打弹珠、逛逛书店，不知不觉地感到身心都获得了解放。也不知这是由于离开东京后自己过于紧张不安呢还是物极必反，反正觉得附体的邪魔已然离去，一下子变得轻松自如了。在书店里，我注意到一本名叫《人之存在的心理学》的书，就买了下来。为了解闷，我就躺在旅馆里读起这本书来，结果味同嚼蜡。书中就"人"这一"存在"解释了一通，尽管道理我也看得懂，可就是感情上产生不了共鸣，觉得读了也无用，就中途抛开了。

晚饭前，我又给S所在的医院打了个电话，这次是S接的。告诉她我正在小仓后，她惊叫连连，像是吓了一大跳。随后，S就乘着出租车立刻赶来了。她是个娇小苗条的美人，老是笑嘻嘻的，显得十分开心。我们几乎是一见如故，很快就没了陌生感，但我还是觉得有些失望。怎么说呢，她长得漂亮，人品似乎也不错，像是没什么缺点，可我总觉得哪儿有些不对劲，不能与之一拍即合。

"我弟弟特别崇拜你。所以我也喜欢上了你的漫画。我在○○町租了房子，两个房间，一个六叠[1]，一个三叠，还有一个厨房，还带着电冰箱和电视机。可我需要住在医院，所以只能偶尔回去一下。"

她滔滔不绝，连珠炮似的说着，还夹杂着一连串的笑声——也不知有什么让她觉得这么好笑。看来她相当能说，并且活泼开朗，但这就不合我的"口味"了。我原想，不管对方是什么样的人，只要没有太大的缺点，就跟她结婚，可这会儿，"口味"这东西到底还是出来作祟了。当然了，既然要活出另一个人生来，恐怕"口味"也是非改不可的，可是……再说这人看来不坏，房子、家具也都一应俱全了，一点点不如意，克服一下也就是了，要不就跟她结婚吧。

我告诉她，我是个离家出走的人。她听后非但没显出惊讶，似乎还挺欢迎的。

---

1. 叠，即榻榻米，和式房间一般都以榻榻米的张数来表示大小。一叠的面积通常为 1.62 平方米。

"你来我这儿住的话，我弟弟也会很高兴地过来玩的。"

听她这么一说，我反倒慌了手脚。一个正在上大学的弟弟愣头愣脑地冒出来，可不在我的计划之内啊。我有一种被人猛地拽回现实世界的感觉。我一门心思地要玩"失踪"，而她却（也理所当然地）处在极为日常的层面上。两者间的巨大反差，令我不知所措。

S还在连珠炮似的滔滔不绝地说着：离婚的前因后果、因灰心丧气而去山阴的萩[1]旅行、曾经考虑过自杀，甚至是前后毫无关联的去洗海水浴的开心事。听得我疲惫不堪，只想早点睡觉。我问她："今晚能住下来吗？"

她说擅自在外面过夜是违规的，要到下星期日才能再次见面。到了十点左右，她就回去了。

也就是说，我必须等上一个星期了。头三天，是靠打弹珠消磨掉的，后来实在穷极无聊，就外出旅行了。旅馆的老板娘给我介绍了一条周游杖立温泉、汤布院、汤平温泉的旅游路线。我先到别府，从那儿坐巴士去汤布院，住一宿，次日投宿于汤平的白云庄。

汤平是个温泉疗养地，老年浴客随处可见。铺着石板的狭窄小巷与石阶错综复杂，夹狭谷而建的客栈很多，但全都静悄悄的，像是十分冷清。到了深夜，我觉得肚子有点饿，

---

1. 山阴地区的萩市，濒临日本海，因历史遗迹丰富而成为旅游城市。

汤平温泉

就出去散步，顺便买了一串香蕉。看到一块脱衣舞表演的招牌，就进去看了看。

脱衣舞表演是在一家大旅馆的副楼里进行的。那个副楼本是一所陈旧的木结构客房，现在像是弃而不用了，没一点动静。入口的格子门上贴着一张手绘的粗劣海报，上面写着：

关西脱衣舞女王笠原淳子 首次莅临公演

我将香蕉揣进和服单衣的怀里，踩着咯吱作响的楼梯上了二楼。这儿虽说是副楼，倒也是一栋相当大的建筑物，长长的走廊两旁排列着好几个房间。只是既没人的气息，又都关着灯，让人觉着瘆得慌。只有走廊尽头处的一个房间里有灯光溢出，显得孤零零的。透过拉门的缝隙朝里一看，见里面只有两个人，一个是戴贝雷帽的小老头，另一个是三十来岁的女人，看样子就是脱衣舞娘了。他们正随意地躺着看电视呢。我打了一声招呼后，就被领进了隔壁一个十叠大小的房间里。房间里空无一人，观众就只有我一个。戴贝雷帽的小老头说："我是经纪人。"

客房里，用胶合板搭建了一个高出地面一段的简陋舞台。舞台下，只有一张桌子和三个铝制烟灰缸、一个很大的空火盆。舞台的一侧挂了一张纸，上面用很蹩脚的字迹写着：

一次公演时间=唱片七曲=约为二十五分钟 敬请知悉

舞台的背景就是一道隔扇，它隔开了邻室的后台，舞台正中央只挂着一个花环，单调乏味。我抽着烟，歪躺着等待

汤平温泉。在该旅馆的一个房间内，观看了脱衣舞表演

表演开始。这时，从后台传来了电视里的棒球比赛的声音，还有舞娘与小老头经纪人谈论棒球的说话声。看来他们是边看棒球比赛边做演出准备的。不一会儿，经纪人用高亢的嗓音喊道："让您久等了！"

随着这一声吆喝，留声机里就飘出了哀婉孤寂的演歌[1]曲调。

脱衣舞娘上场了。只见她头上戴着日式传统发型的头套，身穿紫色和服。舞跳得很差劲，在跳前三首曲子的时候，只弄乱了和服的下摆，到第四首曲子的时候，才解下了腰带，

1. 演歌，日本特有的传统歌曲类别。曲调悠长婉转多变。

敞开红色的内衣，隐隐约约地暴露出阴部来。我将买香蕉
剩下的一千七百日元往舞台上一放，对她做了个"分开腿"
的手势。脱衣舞娘一脸严肃地看了看那些钱，没有理睬我的
要求。

　　其实我这么做倒也并非出于肉欲，只是受到过于哀婉孤
寂气氛的感染，也想做个哀婉孤寂的看客而已。不过我自己
也对自己能如此胆大妄为而感到意外。平日里我是个畏首畏
尾的胆小鬼，自从三四天前，附体的邪魔离去后，就跟换了
个人似的，变得不管不顾，感觉不到任何烦恼与惶恐了。

　　一只很大的飞蛾，受灯光引诱扑上了舞台。脱衣舞娘紧
蹙双眉，像是十分害怕，还缩起脖子躲避着，尽管还坚持跳
着舞，却露出了随时都会惊叫起来的神情。看她那样子也颇
为可怜，于是当蛾子停在舞台前方时，我就拿起铝制的烟灰
缸十分敏捷地将它扣住了。脱衣舞娘微微露齿一笑，随即，
或许算是表示感谢吧，她竟应了我先前的要求，走到我的面
前，大大地分开了双腿。我不由得苦笑了起来。

　　表演结束后，经纪人出来关掉了舞台上的电灯，我们三
人就坐在舞台边吃起了香蕉。脱衣舞娘问道："王和长岛[1]后
来怎么了？"

　　她还惦记着棒球赛的结果呢。我心想，分开双腿之后，

---

1. 王贞治和长岛茂雄，日本著名职业棒球选手，均效力于读卖巨人队。

杜立温泉

还能若无其事地聊棒球，这样的生活真好啊。

要不就跟着他们浪迹天涯，四处巡演去吧？我不仅能写招牌，会画海报，兴头上来了，还能干点招揽观众的活儿……

"生意怎么样啊？"我问道。小老头经纪人说："这地方就别提了，根本没人看。但已经签了约了，又有什么办法呢？"

看样子，他们还得在这儿待上一阵子呢。我原想，要是他们立刻就拔脚转码头去的话，就随他们一起出发好了，所以听了他这话，不禁大失所望。

第二天，我住进了杜立温泉的千岁馆。杜立位于山中，从久大本线日田坐巴士去那儿，大约需要一个小时，那里弥漫着一种寻欢作乐的气氛。很快，我就在旅馆附近发现了一个由普通民居改建而成的脱衣舞表演小屋。晚饭后，我过去看了看，可能是时间太早的缘故吧，一个观众都没有。舞台旁的走廊上，有个舞娘在独自化妆，我上前一搭话，她回了一句："九点前后再来吧。"

等我出去逛了一圈，重新回到那里时，却已经客满了。不过说是客满，其实观众席上也只能坐十来个人，所以我只好站在最后一排观看。

脱衣舞娘身穿轻薄睡袍上台后，冷不丁地就冲我开起了玩笑："那位小哥哥，别不好意思了，到前排来呀。你不就是为了看我，才从东京巴巴地赶来的吗？"

先前就我们俩交谈时，她还沉默寡言，羞答答的呢，没想到一上了台就摇身一变，口无遮拦了。与汤平的脱衣舞娘相比，这一位既年轻又性感，身材也相当匀称。我一眼不眨地望着她。不知为什么，她在跳舞时，也只与我一人用视线缠绵纠缠。我心想："有戏啊！"

回旅馆躺下后，我难以入睡，总觉得她的眼神是别有意味的。我是常服安眠药的，可那天吃了药也还是睡不着，于是我就带着服药所产生的醉酒似的感觉，又去了一趟脱衣舞小屋。这时刚好一场演完，观众席上空空如也。我等不及凑足观众后再开演下一场了，就去问了一下要有多少人才开始表演，说是至少也得五六个吧。于是我就付了五个人的票钱，包下了场子。

　　她系了一块"蝴蝶飞"[1]上台来刚要开始跳舞，我就朝她招了招手，让她在我跟前坐下。我坐在头排座位上，她走上前来，跪坐在我的面前。我轻轻地摸了一下她那近在眼前的大腿，顿觉意乱情迷，紧接着我又跟她蹭了蹭脸。她一动也不动，任我所为。不知怎的，我突然觉得心里一阵忧愁，就伸手搂住了她的腰，像搂住了一块救命木板似的紧紧地抱着她。她则温柔地抚摸着我的头发。或许是受舞台上流淌着的柔美乐曲的影响吧，我嘟囔道："只要这样就行了。这样就能让我感到安宁了。"

　　这种肉麻话，居然畅通无阻地往外直冒。而当我说"今夜你陪陪我吧"，她爽快地点了点头，不过随即开口道："阿姐（歌舞团的团长）不点头，我们是不能擅自在外面过夜的。你去跟她商量一下吧。"

　　我立刻惊慌了起来。然而，阿姐似乎早就在后台洞察了一切，问了一句"你们都说好了？"就面带苦笑地同意了。随即她又说，被人误解为卖春可就麻烦了，不能去你住的旅馆，另找一家吧。

　　我暂时回到了旅馆，等她的演出散场。不过这事我自己也觉得有些不可思议，因为我从未想过自己居然会跟一个脱衣舞娘发展到如此地步。这种女人一般都养着个凶悍的吃软

---

1. 蝴蝶飞，表演脱衣舞时，舞女的遮羞布。

饭的男人。而我竟然会闭着眼睛率性而为。要是放在平时，我是绝对没这个胆量的。自从"蒸发"以来，自己的内心就跟消失了似的，处于因过度解放而忽忽悠悠飘浮在半空中的状态。

她十一点钟散场，之后应该会先洗个澡吧。我约莫着时间差不多，就去了那家指定的旅店。这是一家专供情人幽会的旅店。我躺在房间里翻看着杂志等着。"她真的会来吗？这事是不是太顺当了？"老实说，到了这会儿，我心里还是有些忐忑不安的。

约定的时间过了三十来分钟之后，她来了。她因洗澡而卸了妆，露出一头短发，跟换了个人似的。原来在台上的那一头长发是假的。没化妆的她，看着也就是个极其普通的姑娘。二十岁前后，羞答答地垂着脑袋。我一时不知道说些什么好，就按照常规问了一下她的身世。她说她原本在博多[1]做女工，是上了男人的当，被卖到杖立温泉来的。

"你时常来这家旅馆吗？"我问道。

"很久以前跟一个老爷子来过……我不愿意，可他死乞白赖的……"她答道。

这会儿，我已经比较放松了。她说："东京人真斯文啊。"

"怎么说？"我反问道。

---

1. 博多，福冈县福冈市的一个行政区。日本行政区划中县大于市。

"说起话来斯斯文文的。"她答道。

这时候的她，与舞台上淫荡浪谑的形象相去甚远，既青涩，又拘谨，令我怜爱之情油然而生。

第二天十点钟左右，我睁开眼时她已经不在了。她以匆忙潦草的字迹，在安眠药说明书的背面写了几句话，放在了我的枕边。

> 我想跟你通信，请给我写信吧。
>
> 我会听你的话，把头发留长的。
>
> 没跟你打招呼就回去了，真是抱歉。
>
> 不过看你睡得这么香，我也只好就这么跟你告别了。
>
> 你也别想太多，好好努力吧。
>
> 记得给我写信哦。
>
> 　　　　　　　　　地址　小国町×××
>
> 　　　　　　　　　M·T 转 F·M

我觉得就这么分手有些对不住人家，就先回原先投宿的旅馆，整顿了一下行装，又去了一趟脱衣舞小屋，想告个别，也想表示一下感谢。可她不在，说是出去散步了。

我去公共汽车站，坐上了十二点开车的巴士。今天是星期六，跟S约好在小仓见面的。从星期六晚上到星期日的傍晚，是S可以自由支配的时间。

这时，离巴士开车还有十来分钟。我坐在最后一排的座位上，心想没见着M（舞女）也挺好。因为极不擅长说那种告别的话。不过我也并非毫无留恋之情。不是出于爱情，只是想象了一下跟M结婚的情形。

做个脱衣舞娘的情夫，游走于各个温泉区倒也不坏嘛。

这么一想，就有点难以离去了。我不由自主地扭头朝巴士后面望去，却发现了M的身影！她在推着一辆婴儿车朝我走来。原来她带着阿姐团长的孩子在散步。她低着头心不在焉地走在因阳光反射而十分耀眼的柏油马路上，正在逐渐靠近巴士车尾。我赶紧蜷缩起身子，把自己埋在座位里，并闭上了眼睛，不再留恋。巴士发车了。

我在日田换乘了火车，于下午四点到达小仓。七点钟，S来了，说今天是以回父母家住的名义申请好了在外过夜。原来她在这儿不仅有弟弟，还有父母。这种时候一提起家里人，我就几乎兴趣全无了。不过我又觉得，就"蒸发"的条件而言，已经租好了房子，并拥有正经职业的S，确实是结婚的最佳人选。再说她勤劳肯干，又是肯为男人付出的那种，而我呢，是个游手好闲之人，所以跟她或许还真是天作之合。

到底该怎么办才好呢？我举棋不定，犹豫不决。就在如此犹豫不决的状态下，我跟S睡了一觉。第二天，她也没回父母家去，就在旅馆里跟我待了一整天，到了五点钟左右，

S说是要给患者做饭，回医院去了。S没问我"失踪"前来的缘由，简直毫不介意，她只想简简单单地接受我，可似乎又觉得我不会马上就与她同居，在分别时说了些让我先回东京，仔细考虑过后再来之类的话。

回到东京之后，我也没想马上就回家，而是住在神田的旅馆里一连思考了两天。考虑的结果是，我认识到，所谓"蒸发"，一旦回到了原点，也就万事休矣！

之后，收到过几封S写来的言辞哀切的书信，我也确实动摇过，但最终还是一封回信也没发出。

现在回想起来，当年的行为真是轻薄荒唐，只感到羞惭难当。然而，却又觉得我的"蒸发"似乎尚未结束。尽管我如今已娶妻生子，过上了安稳的日子，但时而也会突发奇想，觉得自己或许是从别的什么地方跑来的，正在这儿"蒸发"呢。

（昭和四十三年［1968］九月[1]）

※照片是第二年重访九州时拍摄的。

---

1. 本书中篇章末尾的日期，均指旅行的日期，非写作时间。

3

大原・富浦

大　原

　　我们一家三口，去了一趟久违了的外房大原[1]。上次去的时候，孩子还没出生，这算是时隔几年之后的旧地重游呢。儿子正助到下个月就满七岁了。对他来说，当然还是第一次去大原。

　　大原是我母亲的故乡，我童年时代在那儿度过了两年，可以说，是个十分令人怀念的地方。那里也有一些亲戚，尽管几乎不相往来。我母亲的哥哥在那儿经营着一个名叫"○○丸"的钓鱼旅店，拥有几艘钓鱼船。母亲的姐姐是个海女[2]，而她的儿子则是个渔船上的舵手。大约在二十年前吧，我曾

---

1. 外房，指日本千叶县南部，房州的外海（太平洋一侧）沿岸地区。东京湾一侧则称为内房。大原町是位于外房的城镇。
2. 海女，以潜海捞取贝类、海藻等为职业的女性。

在他们家住过，她还从海里捞来石花菜[1]，给我做了凉粉。那可真是少有的美味啊，带着大海特有的香味，那怀念的味道叫人忍不住掉眼泪。不过，他们家我也只去过那么一次，后来几次去大原都没去过他们家。还有开钓鱼旅店的舅舅家，我也从未去过。主要是我这个人不善交际。

这次想去大原的时候，已经是十月底，似乎不太适合去海边了，可我在二十来天前去了一趟甲府的升仙峡后，心就野了，总想着出门旅游，活儿也没心思干，待在家里也坐立不安。妻子孩子似乎也是这么个心态，但又觉得马不停蹄地外出游荡也太奢侈了点，不免心中有愧。于是，我们就找了一个绝佳的借口：带上家养的寄居蟹，到海边去放生。

今年夏天，我给正助买了寄居蟹玩。一共五只，可养了才一个多月就死了四只。剩下的一只有蝶螺般大小，也像是虚弱不堪，已经不怎么动弹了。虽说只是个虫豸之类，可这么大的一个，眼睁睁地看着它死去又于心何忍呢？又没个肯收留它的地方，正一筹莫展着呢。将它放归大海，让它获得一条生路，好歹也算是积德行善了吧。——我们全家在这一点上达成一致之后，就将它扔进正助的双肩包，拔腿上路了。

我们是中午时分离家的，下午四点半就到了大原火车站

---

1. 石花菜，一种海藻，可用于制作凉粉。

了。在车站前喝了一杯咖啡后，我们便溜溜达达地，朝前一天预约好的一个叫作"大原庄"的国民宿舍¹走去。大原庄位于海边的松树林中，从车站步行过去二十来分钟就到了。沿着盐田川一路走去，看到了一片大原町临河分块出售的土地。十年前，这些地还十分便宜，每坪²才三万日元，而我当时手头正好有些积蓄，于是就想在这儿买地建房，扎下根来。我跟石子顺造³说起此事后，他就说这样的好事一定要带上他，我就带着他前来考察了一番。我们在海滨漫步，观看了渔港，还爬上了八幡岬的崖顶。石子先生登高远眺之下，赞不绝口："好啊！这儿真好啊！简直是美不胜收！比我住的烧津那儿（静冈县）的大海要壮观得多了！"

他似乎对这里十分满意。几天后，我们就来报名抽签了。可老也等不来抽签的结果。一年后我跟母亲提起此事，母亲说，那块地的情况不太清楚，可几年前在第一次分售另一块分售地时，发生了剧烈的争执，还打得头破血流呢。所以说应该是不会卖给外地人的。说是不论本县人与否，都能公平公正地参与抽签，可哪有什么真正的公平公正呢？乡下人

---

1. 国民宿舍，日本地方公共团体在自然公园、温泉疗养地等自然环境良好之处建造的住宿或休憩设施。

2. 坪，面积单位。1 坪约为 3.306 平方米。

3. 石子顺造（1928—1977），本名木村泰典，美术评论家、漫画评论家，日本漫画评论的先驱，著有《漫画艺术论》《现代漫画的思想》《战后漫画史笔记》等。

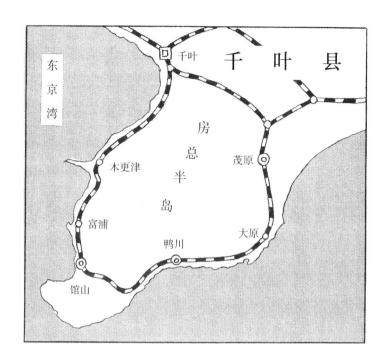

　　嘛，就是这么个德行。——母亲原本就对家乡没什么好印象，趁机发了一通牢骚。

　　十年后的今天，我重新走在这片分售地上，但见杂草丛生，建起的房屋竟只有三所，并且还都是海产品加工厂，正向四周散发着阵阵恶臭。或许是被我母亲说中了，买地的人都是想做倒手买卖，所以没人真的住过去。

　　石子先生曾像口头禅似的反复说道："啊，我真想住上那种坐在檐廊上就能看到大海的房子啊。真想整天面对着良辰美景迷迷糊糊地打瞌睡啊。"不过他之所以说出这种没出息的话来，或许也是身体不争气吧。就在我带他来考察大原的三年后，他去世了。

当我们走到盐田川河口的时候，天已经完全黑了。正赶上涨潮，海浪奔腾跳跃着扑向河口。这时又刮起了风，黑魆魆的远处洋面上立起了一排白色的浪头，右手边的渔港处灯火闪烁。我眺望了不多时，就觉得自己快要沉没于这苍茫寂寥的氛围之中了。

大原庄就在河口的左侧，即便在这样的季节里也几乎是客满的。由于没有别的称心旅店，我每次来这儿，都住在这个国民宿舍里，不过跟一些素不相识的客人在同一个食堂里吃饭，也真不是滋味。这次，有东京S区保健所员工的旅游团入住，洗澡时也不得不和他们混在一起，令我大为窘迫。

夜里无事可干，只得随随便便地躺着。虽说是一本正经出来旅游的，可来到了这么个毫无新鲜感的地方，到底也提不起劲儿来。正助从背包里取出了寄居蟹，将它放在房间的角落里。不过它还是一动也不动。感到十分无聊的妻子和正助到了十点钟就睡觉了。可我由于多年来养成的习惯，不到半夜两点钟是睡不着觉的。我心想，要不明天就带着妻儿爬上曾带石子先生去过的那个八幡岬看看吧。可又想象过了头，仿佛看到正助失足掉下了万丈悬崖，差点把自己吓疯了。唉，这下倒好，弄得再也合不拢眼了。在进入梦乡之前，我总会陷入一些悲惨恐怖的妄想。这到底是怎么回事呢?

第二天,我们于十点钟离开旅店。天上下着小雨,凉飕飕的,不过小雨一会儿就停了。盐田川的河口有一百来个年轻人已经下海了,他们正兴高采烈地玩着冲浪。旅游旺季已经过了的海滩上,到处都是垃圾,冷冷清清的。手中的寄居蟹像是嗅到了大海的气息,居然从壳中探出了身来。从昨晚到刚才还是一动也不动的呢。我们轻轻地把它放在沙滩上后,它就一路倒退着,直到海浪将其吞没。

我们没上八幡岬登高远眺,就在渔港附近闲逛着。我看到自己在四五岁时住过的房子,跟正助说:"爸爸小时候在这儿住过的哦。"

可他似乎并不怎么感兴趣。这是一栋低矮的小房子,原先是个理发店。从正面看就是个店面,不过现在已经变了样了。对面是一家名叫"旭洋馆"的旅店。十多年前我曾在那儿住过,还听老板娘讲过我母亲年轻时的事情。这个旅店如今也已经歇业了。

当年,母亲租了本是理发店的房子,冬天卖关东煮,夏天卖刨冰。那可是个小本经营,卖刨冰时没有刨冰机,都是手工用刨子刨的。也没有存放冰块的冰箱,只得想各种办法,苦苦支撑着。做厨师的父亲去东京打工了。结果一去不回,就在东京病死了。

父亲死后我们就举家迁往了东京,所以在这儿总共也只住了两年左右。

看着这栋已十分陈旧的房子，我心想它早晚会被拆掉的吧，就让妻子和正助站在它跟前，给他们照了个相。（日后给母亲看了这张照片，母亲却说这是隔壁人家的房子，我们住过的那一栋已在不知哪一年的火灾中化为灰烬了。一想到我当时竟是对着邻居家的房子感慨万千，就不禁想笑。）

附近还有个带有防火瞭望塔的公会所[1]，我的祖母曾一个人在那儿住过。我们也过去看了看，发现那儿倒还是老样子。上小学一年级的时候，我曾从东京疏散[2]到祖母身边，在这个公会所里住了三个月。祖母并不疼爱孙子，我跟她两人住在那儿时，感觉备遭嫌憎，日子过得寂寥而又黯淡。

这种不愉快的记忆我提都没跟妻子提，就直接朝车站走去了，结果走错了路，来到了一个很大的食品店门前。

"哎？这儿不就是以前想买那个旧房子的地方吗？应该就在这店的后面吧。"

说着，我就钻进食品店旁边的小巷，并朝妻子招了招手。店后面已经成了停车场和仓库。从前这儿是有一所旧房子的，我们曾想买下但最后没买成。

那大约是在给石子先生介绍分售地的两年之前吧。我当时对自己的漫画失去了信心，正想着逃离大都市，到乡下去

---

1. 公会所，供公众集会、举办活动的公共设施。
2. 疏散，指"二战"时人们为躲避空袭而疏散到乡村。

过安静日子呢。跟妻子来大原看地时，房屋中介就将那所旧房子介绍给了我们。占地三十坪，有自流井[1]，平房，带弯型檐廊，有八叠、六叠、四叠三个房间，厨房也有三叠大小。虽说房子已十分陈旧了，但看样子，只要将厨房改造一下就能住人。再说要价只有一百三十万日元，便宜得跟白给一样，所以我们十分动心（顺带提一下，我们当时所住之处的地价是每坪三十万日元）。

两三天后，我跟朋友又去看了一趟那房子。隔壁的食品店老板听到了我们卸防雨窗[2]的动静后，就跑过来气势汹汹地责问道："你们在干吗？"

我们说是房屋中介介绍来的，他却说，这家人是他的亲戚，周围的房子也都是他亲戚S家一族的，没听说要卖掉。看他那样子，简直是把我们当成"闯空门"的小偷了，我难免有些窝火。

后来在房屋中介那儿了解到了那家要卖房子的前后经过。原来那家的主人确实是S家一族的，是个渔民，死在海上了，留下了一个不到四十岁的寡妇。这个寡妇与S家的族人搞得很僵，就带着独生子逃也似的离家出走了，据说去了

---

1. 自流井，深挖至地下水，使之自动涌出的水井。
2. 防雨窗，设置在窗户外一层的滑窗板，可水平滑动，平时收在靠外墙的防雨窗套里。旧时日式房屋的窗户常用纸糊的障子，故需如此防风、防雨、防盗、防寒。

离大原并不太远的木原线上一个叫作"国吉"的地方，在那儿的一个不三不四的小酒馆里做女招待。她也没跟亲族们商量一下，就决定要将那房子卖了。食品店的老板及其亲族们似乎也不知道她去了哪里。

由于食品店老板给我的印象很坏，从而推想他们一族人也都好不到哪儿去，就有点不想住在那里了。翻来覆去地考虑了四五天，还没等我拿定主意，房屋中介倒先打电话给我了，说是那所房子还抵押着一百万日元的借款呢，除此之外，还牵涉许多麻烦事，劝我还是死心了吧。我一口就答应了。想来那个食品店老板已经把房屋中介搞定了吧。

从如今已变成食品店的停车场这一点来看，那所房子到底还是被人侵吞了。妻子说："我们要是真住到了这里，谁知道会怎么样呢？"言下之意是：恐怕也没什么好果子吃的。

确实，心血来潮的易地而居或许很有趣，但有时也会改变一个人的命运。这么一想，我就觉得买房之事被食品店老板搅黄了，或许反倒是一件幸事。

富　　浦

仅仅是大原的话，没有多少旅游的感觉，很不尽兴，于是想在外面再住上一宿。于是我们就去了鸭川，并在那儿换乘内房线后去了富浦。富浦是第一次去，而我喜欢的作家川崎长太郎¹的小说《富津·富浦》，就是以那儿为背景的，所以我对那儿比较感兴趣。

那个小说的大致内容是这样的：

主人公是个年近七十的老头，带着年轻的妻子在横滨坐渡船去富津和富浦做短途旅游。老头有些懒洋洋的，上船后就躺在座位上，也不上甲板去眺望大海。在富津岬稍稍观光了一会儿，他们就去了富浦，在车站后面的绿色山丘的山脚下看到了一所像是火葬场的建筑物，烟囱里还冒着烟呢。自知来日无多的老头看到了火葬场后，不由得感慨万千，随后就住进了位于海边的一个叫作"房州屋"的简陋旅馆。在昏暗的灯光下与年轻的娇妻悄没声地吃过晚饭后，老头为了消食，就一个人出去散步了。由于上了年纪，内脏衰退，消化功能不太好了，老头走在夜里寂静无声的街市上，放了好多屁。回到旅店，他躺下后一边回想着火葬场一边问妻子自己死后她有什么打算。不料妻子回答说，想去非洲旅游，跟外国人结婚，显得相当绝情。

川崎长太郎曾寄居在小田原海边的一个小仓库里，就着用装橘子的纸箱垒起的"书桌"和昏暗的蜡烛光，一个幼儿

---

1. 川崎长太郎（1901—1985），日本小说家，擅长描写男欢女爱的私小说，1977 年获菊池宽奖。著有《路草》《抹香町》等。

地写着不走俏的私小说[1]。冬天手冻僵了，就只能在蜡烛头上烤火取暖。他是小个子，一副穷酸样儿，牙齿也掉得七零八落了，却还要给廉价食堂里的女服务员抛媚眼，时不时地逛逛花街柳巷，简直是想老婆想疯了，甚至觉得即便对方是个妓女也无所谓。有了一点点积蓄后，就一天到晚地担心货币贬值。他这种悲惨、孤独的生活与我也有几分相像，所以引起了我的注意。六十岁过后，就跟两条野狗碰到了一起似的，他竟然跟一个比他年轻三十来岁的女人结婚了。他们去富津、富浦旅游后，就诞生了那部小说。而书中那股悲凉、寂寥的况味，就跟粘在了我心上似的，挥之不去。

到达富浦站后，我就朝车站后面望去，想看一看那个火葬场。但看到的只是一片平坦宽阔的田野，哪有什么火葬场呢？跟车站工作人员打听了一下，对方露出了一脸的诧异，说这个镇子上根本就没有火葬场。进入车站前的咖啡馆打听那个名叫"房州屋"的小旅馆时，人家也说没有叫这个名字的旅馆。

虽说私小说是讲究实话实说的，但毕竟是"作品"嘛，或许他把旅馆名字改掉了亦未可知。还有书名中的"富浦"没用汉字，而用假名写作"とみうら"，应该也是这么个缘故吧。可是，他竟然还无中生有地弄出个火葬场来，真叫人

---

1. 私小说，以作者自身为小说的主人公，如实描写其生活体验，排除虚构，重视揭示自我内心的一种小说类别。是日本现代文学中的特有现象。

富浦的海岸

哭笑不得啊。

　　尽管如此，我们还是按照小说中所描写的路线，朝海边走去，想找一下貌似房州屋的旅店。我们沿着车站前冷清的街道走了没几步，就碰上了国道，于是就往右拐了。左边商店林立，分布在国道的两旁，可朝右边走了一小段，就已经是市郊，连房屋都看不见了。从那儿朝崖下俯瞰，看到了一个小小的海湾和小小的渔港。这儿的景色跟伊豆半岛上那些个荒凉的小渔村有几分相像，感觉不错。

　　我们走下很陡的坡道，去渔港看了看。渔港里静悄悄的，空无一人，水泥路面上泼了水，十分洁净。渔港前有个叫作

"逢岛馆"的旅店，颇具古风，显得既沉稳又安详。或许那就是房州屋吧。但又恐怕不是，因为小说中房州屋店门前就是国道。当然，我也并非非房州屋不住，所以随后便将心思花在寻找适合我们居住的旅店上来了。

逢岛馆我们是十分中意的，但太贵，要八千日元，一百来米开外的"竹乃屋""富浦馆"就只要七千日元。于是我们又走了两百来米，来到了海湾深处，发现那儿有个名叫"曳舟"的民宿。是两年前新建的，十分干净，又面朝着海滩，于是我们就在那儿住了下来。

曳舟的饭菜十分高档，吃得我们心里发虚，担心结账时伙食费会超过住宿费。长达二十厘米的对虾与沙拉的拼盘、腌海螺肉、用两只虾与蔬菜制成的天妇罗、二十厘米大小的红烧鲬鱼、竹筴鱼和高体鰤的刺身，而这些居然只是一人份。妻子迅速算了一下成本，说道："这可怎么好？店里没赚头了。"

真是不折不扣的瞎操心。《富津·富浦》中住在房州屋中的那个老头的年轻妻子，也算过伙食的价钱，看来女人都喜欢干这种事。

半夜里突然风雨大作。这个民宿里除了我们就没有别的客人了，主人一家都已经睡了，妻子和正助也睡得死死的，屋子里一片寂静，只有我一个人一直睁着眼睛。我又开始沉湎于无边无际的空想，将川崎长太郎的际遇与自己老后的生

富浦的民宿 曳舟

活重叠在了一起。尽管我没有年轻的老婆，但就画稿不怎么走俏这点来看，估计将来的境况也跟他差不了多少。

此时，打在窗户上的雨点越发猛烈了，远处还传来了雷声，我站起身来隔窗朝外望去，只见遥远的洋面上不住地划过道道闪电。雨点横打在半闭着的白铁皮防雨窗上的声响，到底还是把妻子吵醒了。她睁开眼睛，说了句："下成暴雨了吧。"

我们一家三口睡成了一个"川"字。我朝妻子招了招手，她爬过来钻入我的被窝后，立刻就脱掉了内裤。我心想：这事我们有几个月没做了？外面风雨依旧，时不时地，闪电将房间里照得通亮。

一改昨夜的疾风暴雨，第二天却是个大晴天。一个在海滩上焚烧枯枝败叶的人说，今年秋天的第一阵寒潮已经来了。平缓地延伸至海面的浅滩上养殖着紫菜，四下里一片寂静。远远地可以望见一些进出东京湾的船只，它们移动得极为缓慢，简直就跟停在那儿似的。我尽管尚未到该考虑如何安度余生的年龄，却也不由得心中暗忖：能不能就待在这种毫无刺激的地方，安安静静地过日子呢？

由于天气变冷了，我们决定早点打道回府。顺着来路往车站走去时，见路边有个小鱼铺。妻子说："等等。我去看一下鲥鱼的价格。"

原来她昨晚吃饭算账时，由于以前没吃过鲥鱼，不知道什么价。

妻子驻足于鱼铺前，显得若有所思，仿佛在问自己："今晚吃些什么好呢？"结果，买了一包竹笑鱼干。

（昭和五十七年［1982］十月）

奥多摩[1]贫困行

　　正助十分磨人，缠着我在五月长假中带他出去玩，于是我就决定去桧原村旅行。可他的同学似乎都要去参观科学万博会[2]，他也翻来覆去地跟我说："别人家都去，只有我们家不去。为什么不去呢？"

　　我就说："大自然比科学更重要哦。"

　　费了老大的劲儿才说服了他。其实，前些天学校里组织郊游，正助刚去过桧原村，还参观了那儿的一个只有十几个学生的分校。我就鼓动他说："你看，你不正好给我们带路吗？"

　　于是，在我的连哄带骗之下，我们成行了。

　　我们是在午后慢吞吞地出门的，在五日市换乘了巴士，到达村子入口处的本宿时，已是下午四点左右了。

---

1. 奥多摩，位于日本东京都西部，多摩川上游一带的通称。
2. 科学万博会，全称"国际科学技术博览会"，从 1985 年 3 月到 9 月，共举办了 184 天。

秋川谷呈深深的V形，我站在横跨其上的大桥上，时隔十九年再次远眺四周的景色，备感亲切。桥墩下那个名叫"桥本屋"的旅店，看着也很眼熟，本想今天就住在那儿的，可不知道它有何变化，所以就预约了稍远一些的国民宿舍。以前我在桥本屋前走过时，觉得它有点像专供小贩或钓鱼爱好者落脚的客栈，估计那种经常出门的老江湖是很乐意在此歇息的，因此也令我生出了几分向往。当时，道路和桥梁都比较狭窄，四周的景色也颇为幽寂。可眼下，不仅建筑物本身已大为改观，四周的树木也被清除得干干净净，让旅店直接暴露在了路边，未免大煞风景。或许是从这个桥本屋去往数马的道路太过宽敞的缘故吧，如今居然已是车轮滚滚，川流不息，令人不堪其烦了。拓宽道路只会破坏环境，是绝不会改善风景，增添情趣的。这不，就连这十九年前下榻过的秘境数马，如今也变得俗不可耐了。

我们在桥本屋前，朝着与数马相反方向的道路拐去，走了十来分钟，就来到了拂泽瀑布入口处附近，今晚投宿的旅店。我很少预约自己从未亲眼见过的旅店，但考虑到长假期间临时投宿是不可能的，又以为国民宿舍的话总不会差到哪儿去，所以就预约了这儿。来到旅店门前一看，觉得也有些眼熟。虽说是国民宿舍，其实是受村里委托的民营宿舍。十九年前应该还不是宿舍，还相当时髦，如今却已是陈旧不堪，其建筑居然还是旅店中很少见的平房。

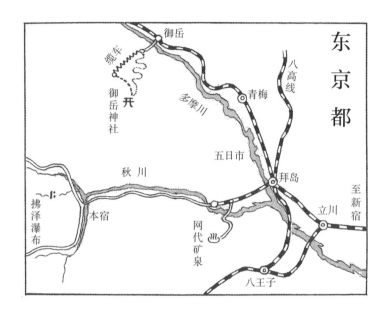

桧原村本宿的桥本屋

　　我们被领进了位于走廊尽头的房间后，不禁大失所望。只有一间六叠大小的房间，并且没有壁龛，没有窗帘，没有梳妆台。虽说有一台每小时一百日元的收费电视，可整个房间并未因陈旧而显出古色古香来，只是煞风景而已。院子里连一棵树都没有，还晾着内衣。也难怪妻子跟儿子板着脸面面相觑了。

　　喝了一杯茶后，我们就去看旅店后面的拂泽瀑布。沿着浓密的杉树林下的阴暗小路往上走了十来分钟，就来到瀑布跟前。只见一道瀑布分成了四段，但由于倾斜角度的关系，只能看到十二三米高处的一段，叫人感觉上当了。瀑布的水量出乎意料地多，下面的跌水潭像是很深，站在池边朝下探望了一下，根本望不到底。读了此水为桧原村自来水水源的说明后，正助就说要灌满可乐瓶。我说近来泉水大受欢迎，笑着跟他打趣道："超市里在卖罐装水呢。你装了这水去肯定赚的。"

　　回到了旅店后，我们三个人一起泡进了难以容纳三个人的脏兮兮的浴缸。晚饭按规定是应该在食堂里吃的，可那儿地方太小，跟厨房似的，日常生活的气息太浓了，于是我们一家三口就一个跟着一个地端着饭菜走过走廊，回自己的房间去吃了。菜肴十分粗劣，还净是些不顶饿的东西，装在塑料盖碗里的饭也不够吃。于是我们又一个跟着一个地前去添饭。旅店服务员十分爽快地就给我们添了饭，这给人的感觉倒很不错。

吃过晚饭后就无事可干了，只得横七竖八地躺倒在成了红褐色的榻榻米上。天气微冷，房间里没有任何取暖的设施，未免叫人难以安生。隔着面朝院子的玻璃窗可以看到瀑布方向的山峦，仿佛在夜色中正黑魆魆地朝我们步步紧逼，令正助惊恐不已。那扇玻璃窗还关不严实，有蛾子、飞虫从缝隙中钻进来。由于既没有纱窗又没有窗帘，我们就只得将防雨窗给关上了。透过玻璃窗可以看到防雨窗那脏兮兮的内侧，让人觉得像是被装进了盒子里似的，郁闷不堪。或许也是我最近几年生计艰难、底气不足的缘故吧，住在这样的旅店里让我产生了一种透彻心肺的萧瑟落寞之感。其实我并不讨厌简陋的旅店，有时还能将其看作某种独特况味，可一家三口都待在这种地方，感觉上就跟日常生活没什么两样了，叫人不能不长吁短叹啊。

第二天早上，我们三人没办法，只得在食堂不声不响地吃了早饭。食堂的墙壁上贴满了鱼拓[1]。以钓鱼为目的的游客，住店只为睡觉，所以专找便宜的旅店。看来这个国民宿舍也是钓鱼客经常光顾的据点之一。眼下虽说已经进入五月了，可山中的气候，早晚还是很冷的，借着从食堂窗户射入的阳光，竟能看到酱汤所冒出的热气。淡淡的朝阳，看着就跟落

---

1. 鱼拓，在鱼身上涂墨或颜料后，用和纸拓下其形状，记录所钓之鱼的大小。

日似的，见此情景，我的内心反倒平静了许多。甚至觉得这家旅店尽管难以叫人满意，可考虑到我已开始走下坡路了的事业和年龄，觉得跟自己还是十分般配的。

这天，我们本想沿着旅店前的北秋川往上游走，去看看那里的一些山村，但由于我昨夜没睡好，浑身没劲，就决定回去了。在桥本屋旁坐上了巴士后，正助很快就晕车了。看到他那副样子后，我似乎也被传染了，就在一个叫作"本乡"的地方下了车。在那儿，我们沿着秋川岸边的道路朝五日市车站方向走去。从这一带到秋川下游，山谷极为开阔，河滩上布满了白色的沙砾，景色优美，游人如织。岸边盛开着棣棠和山茶花，沿河而建的民居也成了靓丽的风景，远处还可星星点点地看到一些山间小屋和别墅。河滩上到处都是全家出动的游客，不是烧烤就是炒荞麦面，弄得四周一片烟雾缭绕。我们一家三口也下到了河滩上，但无事可做，只得愣愣地观望着别人家的欢乐景象。我看着因晕车而不太舒服的正助，自己也振作不起来，便带着他们在河边的小道上有气无力地走了四千米左右。

在五日市的车站前吃过午饭后，正助终于恢复了精神。他说不愿意就这么回家去，于是我们就在下一站的增户下车，去看了一下网代矿泉。我们渡过秋川河，又爬上陡峭的丘陵，说是只有三十分钟的路程却出人意料地遥远，竟然走了将近一小时。正助说是脚疼，走起路来一拖一拖的。所谓

茅草屋顶的网代矿泉

网代矿泉，其实是位于杉、柏茂密的阴暗森林之中孤零零的一家旅店。附近一带，带有茅草屋顶的旅店十分罕见，有种从前乡间旅舍的风味，我见了未免心怦怦直跳。打了一声招呼后，出来了一个穿着扎腿式劳动裤的老婆婆，我们刚要开口，她就说已经客满了。看看也不像有客人的样子，就再次请求了一下，不料她冷冰冰地回绝道"不接待散客"，还拿起扫帚打扫起檐廊来，简直就是在轰我们走。旅店本身颇具风味，没想到待客竟如此冷漠，我不由得为此而深感遗憾。但观察了一下，发现它埋没于密林之中，并无可远眺的风景，走出旅店后也没个散步的地方，心想真要是住下了，恐怕也是寂寞难耐的。

返回时的路，也让人觉得是那么遥远。正助举步维艰，一副马上就要哭出来的样子，所幸的是招手拦下一辆过路车后，人家十分爽快地就让我们搭了便车。便车一直搭到了五日市，让我也喘上了一口气，其实我也累得快不行了。

要照我说，在离家这么近的地方接连外宿两夜也太奢侈了，直接回家去才是正道，但妻子和正助不答应。说是要去奥多摩。长假期间奥多摩肯定人满为患，恐怕找不到旅店吧。可妻子说，哪怕是在镇上的小贩客栈将就一夜也行。我还是提不起劲儿来，心想拖着脚疼的正助找旅店可不是闹着玩的。磨磨蹭蹭地来到拜岛时正赶上开往奥多摩的电车进站，这下可就没工夫犹豫了，我们立刻跳了上去。

车过青梅，已是黄昏时分，到了这个时间，就没有再往前去的乘客了，车厢内空荡荡的。虽说透过车窗是看不到多摩川的溪谷的，但四周被青白色包裹着的景色，表明我们正在朝着深山进发。妻子看到后赞不绝口："哇，不错啊！跟秋川那边截然不同嘛。"

我十九年前来的时候，也是一直走到小河内水库的，可当时的景色如何早已忘得一干二净了，所以也怀着初见的激动，凝神遥望着灯光闪烁的谷地夜景。

考虑到御岳那儿旅店应该很多，就在那儿下了车。一出检票口，就有个旅店介绍所。一打听，他们说旅店都集中在御岳山顶上，并且全都客满了。又听他们打电话问了好几家，也全都给打了回票，令我们不免心生惶恐。我们也算是在外面跑惯了，可到了天已断黑尚未定下住所，这样的情况可真是头一回。后来，一个替我们一直打听到了很远地方去的服务员感慨道："真是'灯下黑'啊！"居然就在车站附近，替我们找到了一家旅店。

沿着铁轨在青梅街道上才走了三分钟，就看到了那所面朝大道名叫"五州园"的割烹旅馆[1]。外面停着一排高档车，一看就知道这家旅店的收费一定很贵，我不禁心里有些发怵。妻子自告奋勇地说道："问问什么价，总可以的吧。瞧我的！"

我跟正助蹲在路边，心想反正是住不起的，就无精打采地观赏起黄昏街景来。

"一人八千，怎么样？"

妻子交涉来的这个价格倒也符合一般行情，在眼下这么个黄金季节绝不算贵。只是我们以前从未住过一晚六千以上的旅店，故而有些下不了决心。再说所谓的割烹旅馆我也并不特别喜欢。可妻子说了："人家好不容易替我们找到的嘛，想要另找地方，也没那么简单哦。"

最后终于拿定了主意：就住这儿了。

---

1. 割烹旅馆，供应日本饭菜和高级宴席的日式旅馆。割烹的本意是高级料理。

由于旅店建在山坡上，故而从外面所看到的一层其实已是第四层了，我们从那儿走下一段长长的走廊，又在位于山坡上的中庭换了木屐，最后被带到了副楼处。高达四层的主楼是钢筋水泥建筑，而这栋副楼却是座木结构的二层楼，有点像廉价公寓。不过领我们进入的那个位于二楼的房间里面，却与其外观不同，完全是旅店的格局，十分干净利落。由于这是个位于转角处的房间，窗户的拐弯处带有木制的扶手，人可以坐在那儿观赏风景。窗下便是一条潺潺流淌着的山溪。

或许是觉得副楼的级别低于主楼吧，女服务员还怀着歉意对我们说："游客太多，别处都住满了，只有这一间了，真不好意思。"

可我们觉得这样的房间已经超出想象了，觉得八千日元也是完全可以接受的。看到父母亲高兴了，正助也马上欢呼雀跃，一下子就恢复了活力。

女服务员一度退出后，很快又端着茶盘进来了，并问道："请问是在这儿用晚餐吗？"

"嗯，有此打算……"

嘴上这么应对着，一想到这儿的房钱和饭钱原来是分开算的吗，就不免有些狼狈。女服务员再次退出之后，我们三人就有些坐立不安了。

"割烹旅馆都是另算饭钱的吗？要是一开始就问清楚就好了。"

"要真是这样，该怎么办呢？钱不够，说不定就要扣下我们三个干活儿来抵呢。"

"嗯，会叫正助去擦走廊地板的吧。"

我们一边提心吊胆，一边还开着玩笑。不过我对这个房间挺满意的，觉得即便要加些钱也值。至于钱嘛，上个月拿到了一笔退税，带着呢，虽说不多，倒也不至于担心。

"怕什么？放宽心。就当是上了大船，翻不了的。"

我豪气冲天地拍了拍胸脯。正助也随着父母的情绪波动而或喜或忧，样子十分有趣。

这个令人惴惴不安的费用问题，最终有惊无险。第二天早晨，我们就精神抖擞地离开了旅店。从大道下到溪谷一看，发现有一条狭窄的步行道。我们沿着这条小路朝御岳桥走去，途中还从昨晚投宿的旅店下方通过。御岳桥一带溪谷的景色，真是令人叹为观止。老实说，我已经好多年没因自然景色而感动不已了，觉得连灰蒙蒙的眼睛都被冲洗得干干净净了。以前我观赏美景也只是觉得好看而已，并不怎么动心，或许是心态变化的缘故吧，现在我能怀着感激之情来欣赏大自然了。

钻过御岳桥，就来到了河岸上的停车场和游乐场。虽说这儿也有游客，可要是与秋川那儿相比，就少得可怜了。这或许是溪流太急，无法下水嬉戏的缘故吧。对于我来说，只要看看也就满足了，事实上我也确实在贪得无厌地饱览着四周的美景。对岸的玉堂美术馆也清晰可见。

御岳站附近的多摩川

　　从谷底爬上崖顶，见大道附近就有个巴士车站，我们就在那儿坐上巴士，十来分钟后来到了开往御岳神社的缆车车站。坐上缆车后一路向上，七八分钟后就登上了标高八百来米的山上站。站前有一排商店，同时也兼做瞭望台。据说从那儿可以一直看到东京都的市中心，遗憾的是，当天的天空阴沉沉的，连秩父群山和云取山都看不见。

　　沿着平坦的山腰处的小径朝神社走去，发现了一个用石墙固定住陡峭山坡的小村落。这儿曾经是御岳讲[1]的御师居住的地方，留下了一些颇具特色的带有茅草屋顶的房子，还有

---

1. 御岳讲，属于民间原始宗教的一种山岳信仰组织。其组织、指导者则为"御师"。

一个小小的分校。如今，御师的住所也成了极为普通的民宿，我发现有好几所都颇具魅力，叫人怦然心动。妻子似乎也对此地情有独钟，还去其中的一家打听了一下价格，听说只要五六千日元后，就回来说："下次一定要住这里！"

连我都不知道这样的山上居然还有如此美丽的村落，心中不由得暗忖："真是人间仙境啊。"

这又让我联想起一件事。大概也是在十九年前，我曾在丹泽山的山脚下，一个叫作"蓑毛"的地方，也看到过一长排面对着陡峭山坡的御师居住的房子。不知道那儿如今怎么样了。

过了小村落，一走上坡道，就见耸立着一棵据说树龄已达七百岁的古榉树。在大树下面一拐弯，是一长排的土特产店，跟门前町¹似的，热闹非凡，几乎叫人忘了此刻尚身处山中。从那儿再往上走了二百来级石级，终于来到了御岳神社。御岳山顶的标高为九百二十九米，那么这个神社估计也有九百来米高了吧，怪不得往上爬时大汗淋漓的，一旦站立不动，立刻就觉着冷飕飕的了。这儿的气温，似乎要比山下低五六度。参拜过神社，就抽了一道神签，结果是"末吉"²，回顾一下平素的自己，倒也觉得果不其然。

这儿也没什么特别值得一看的，故而我们随后便下到店

---

1. 门前町，日本中世末期以后在神社、寺院门前所形成的街区。
2. 末吉，求签用语，喻指要到后来才走运。

御岳山的美丽村落

铺成排的地方，在一家茶店里休息了一会儿。笼屉荞麦面[1]
六百日元，罐装可乐二百日元。这儿没有汽车道，东西都要
靠缆车或徒步运上来，物价稍稍贵一点也是情有可原的。不
过，没有汽车道，对我来说反倒是一件幸事。

　　店里小鸟的啼鸣声不断，朝角落里一看，见那儿堆着好
几个鸟桶。说是桶，其实是个能放入鸟笼的箱子，为了采光，
盖子做得跟纸隔扇似的。这座山原本就是野鸟的百宝箱，据
说是连中西悟堂[2]也常来的，而从正宗地道的养鸟方法上，也

---

1. 笼屉荞麦面，盛在小笼屉上撒有烤紫菜、蘸着汤汁吃的荞麦面条。
2. 中西悟堂（1895—1984），日本野鸟研究家、诗人、歌人、随笔作家。"日
　本野鸟会"的创始人。著有《定本野鸟记》等。

可一窥当地的风土人情。这里应该有专以捕鸟为生的"鸟师"吧，我不禁动了想会一会这些奇异之人的心思。

回去时我们没坐缆车，是沿着古老的参道往下走的。相距山脚下的缆车站约为三千米，古道的两旁都是高大的古杉树。走到半路才发现，原来每棵杉树上都钉着编号牌呢。定下神来一看，已是第六百棵了，可见其总数多得惊人。走这条小路下山的，只有两三个年轻人，故而十分幽静，不时传来黄鹂的动人啼声。

下到一半左右的时候，见有个年轻人在路边摆摊卖可乐和果汁。如此人迹罕至的深山之中，又会有什么生意呢？走过了四五米之后，想想他也实在是值得同情，就又回过去买了他三瓶浸在水桶里的果汁。想来他也没什么资金，不能去茶店密集的地方开个门面吧。可不管怎么说，背着沉重的果汁爬上山来卖，也太艰辛了吧。我们一边走一边议论着这个话题。

"像那样的人才真身无分文，全靠自己，将来一定很了不起哦。"

我这么说给正助听。

考虑到自己也没什么出息，我平时是从来不说这种带有说教意味的话的，不料还是一不小心漏了出来。

"那人真的没钱吗？"

"是啊。所以才那么努力嘛。"

"可他要是没钱的话，怎么找人零钱呢？"

嘿，跟他根本说不到一块儿去。

没过多久，由于脚疼，正助又哭丧着脸了。见他夸张地拖着脚走路，我有点看不过去，便半叱责半鼓励地说道："你已经四年级了，怎么还动不动就喊累，没一点毅力呢？"

回到家里才知道，正助喊脚疼并不是因为疲劳，而是由于大脚趾那儿磨出了一个黄豆大小的水泡。

一路往下且相当陡峭的山路确实很难走，其实我也觉得膝盖直打战。最后，我们居然花了一个小时，才走到了山下的缆车站。不过我觉得像这样走走山路，还是十分痛快的。

我原先觉得，奥多摩离家只有一个半小时的路程，去那儿的话不会有什么旅行的感觉，可事实并非如此，御岳那一带十分合我的心意，真是去了还想去。我现在觉得就在附近跑跑的短途旅行，或许寒碜了一点，倒也别具风味。

（昭和六十年［1985］五月）

下部·汤河原·箱根

下 部[1]

　　不知道现在的小说家是否会逗留于温泉旅店之类的地方执笔写稿，反正在十多年前，这样的情况似乎还是司空见惯的。或许与现在相比，那会儿的小说家比较吃香，旅店的收费也更便宜吧，可我还是为他们居然有此消费能力而深感诧异。他们时而漫步山野，时而浸泡温泉，甚至招来艺伎，依红偎翠，纵酒欢歌。风雅则风雅矣，不过他们这么折腾竟然还能养家糊口，恐怕就只能说是赶上了好时代吧。

　　我虽说并非特别憧憬如此潇洒的做派，可老是把自己关在家里描描画画的，也难免有些闷闷不乐。所以有时也会不自量力地胡思乱想：要是能躲到某个温泉浴场去画画，心情一定会畅快许多吧。

---

1. 下部町，位于日本山梨县南部。

　　可是，画漫画可不是仅靠钢笔和稿纸就对付得了的。倘若将所有的应用之物以及参考资料都统统带上的话，那么旅店的房间就会立刻变为画画的作坊，哪里还有什么闲适的氛围可言呢？更何况画漫画是一项十分辛苦的活计，是与浅酌美酒、醉心泉声无缘的。真要这么做，只会暴露吭哧吭哧的劳作过程，丑态毕露而已。所以我从未听说有漫画家在旅店里工作的。尽管这样，每次去有温泉的地方，我也总会闪过这样的念头：比起繁杂的自己家来，住在这样的旅店里应该心情更好一些，更能专心工作吧。不过心里也很清楚，就自己的收入而言，这无疑是痴人说梦。

　　今年夏天，我们去下部、汤河原和箱根兜了一圈，在每个地方都住了一晚。虽说这一阵子的活儿也是时有时断的，但总算是步入了正轨，内心也生出了几分躁动，心想兴许以后真能住店创作呢，就揣着这么个小心思，出去考察了一下。

在下部，我们住的是一所叫作"大市馆"的木结构三层纯和式的旅店，十分气派。在尽是钢筋水泥结构的旅店群中，这一家反倒十分抢眼。我们觉得它一定很贵，所以起初也没真打算在此投宿，只想打听一下价格，结果是一万日元。这倒出乎我们的意料。因为眼下正是暑假的旅游旺季，我们早就有了哪儿都会涨到这个价的心理准备。随后，我们就被领进了一个既雅静又宽敞的房间，习惯了国民宿舍和廉价客栈的我们喜不自胜。

"偶尔奢侈一回也算不得罪过的，是吧？"

妻子四处察看了一下房屋构造，又开始猛吃桌上的茶点，她自我安慰似的说道，也不管嘴边塞塞窣窣地直掉碎屑。我则一如既往，曲肱为枕地躺了下来，心中则不禁暗忖道：真要住在这样的旅店里工作，恐怕是要入不敷出的吧。

过了一会儿，负责我们这个房间的女侍过来说："请老师务必在色纸[1]上画上一幅。"

我弹坐而起，心头"咯噔"了一下。女侍随即解释道，该店的少东家是我的漫画迷，在住宿登记簿上看到了我的

---

1. 色纸，常用于书法绘画以及名人亲笔签绘留言的专用方形厚纸笺。

令人怀念的木结构三层旅宿 大市馆

"大名"后，就叫她前来请求墨宝了。我立刻正襟危坐，虽说内心惶恐不安，嘴上却以惯于此道的口吻，派头十足地应道："哦，是这样啊。好吧，我乐意效劳。只是今天没带书画用具，等我回家后，画好了再寄到贵店吧。"

不料女侍立刻说："要不，我这就去买色纸和毛笔？"

要是惯于在旅店里舞文弄墨的文人，遇到这种情况想必会十分潇洒地一挥而就，可我还是第一次遇到这种事，内心早就慌作一团，根本画不成画。

"色纸也有各种各样的，我呢，是除了鸟子纸[1]，别的一概

---

1. 鸟子纸，一种以雁皮树的树皮为主要原料制成的优质日本纸，平滑细腻，以纸色似鸟蛋而得名。

不用的。不用担心，回家后我肯定会画好了寄来。"

我这么说，自然是在使缓兵之计，其实那个叫作"鸟子纸"的色纸，也是哪儿都有卖的。不过那女侍或许以为那是种专业人士所用的特别纸张吧，居然接受了我的说法，退了下去。

要说连这样的一流旅店都知道了我的"大名"，还真是非同小可啊。我不由得有些诚惶诚恐，不知所措了。虽说我还不至于因此而改变神色气度，却也为了不使人怀疑自己的品行而用上了心思，未免有些举止僵硬了。我心想，那些名声在外的文人，想必思想负担也很重吧。看来住店创作也并不轻松潇洒啊。

后来我偶然瞥见少东家在玄关处整理拖鞋，年纪在三十上下吧。他为什么不亲自来求画呢？估计是个十分内向的人吧（日后我谨守承诺，在色纸上画好寄了过去。少东家还寄了葡萄来表示感谢）。

说起住店创作，我想起就在这个大市馆的背后，还有个名叫"源泉馆"的旅店，那儿似乎是井伏鳟二[1]的定点旅宿。我还读过写这位喜欢钓鱼的文豪与旅店老板一起享受垂钓之乐的文章。文豪投宿的旅店会是什么样的呢？我满怀好奇地

---

1. 井伏鳟二（1898—1993），日本小说家，本名满寿二。其作品行文淡雅，具有幽默而哀怨的独特风格。主要作品有《约翰万次郎漂流记》《黑雨》《山椒鱼》等。

前去窥探了一下。或许我看到的仅仅是旅店正面（我觉得应该不是背面）的缘故吧，就外观而言，竟然是个不足称道的旅店。由于它位于临河而建的大市馆背后，所以并无可供远眺的风景，感觉不值得文豪在此驻足。那么，在其靠后一点的僻静之处，是否蕴藏着某种足以摒绝尘世喧嚣的幽趣呢？不，不会的。一无所有罢了，哪会有什么幽趣呢？——我擅自做出了如此判断。

　　下部矿泉是以"甲州第一名汤[1]"而闻名于世的。我曾于昭和四十六年（1971）到过身延，最近则于三年前（昭和五十七年［1982］）到过临近的甲斐常叶，但并未顺道来下部。因为这儿太出名了，还以为是个寻欢作乐之所，同时又觉得人工加热的矿泉水总有些不过瘾。虽说与开放式的温泉相比，矿泉给人以阴暗之感，但渐渐地倒也有所了解了。就感觉而言，这种青绿幽冷而又澄澈的冷泉，要比沸腾着的温泉更浓郁一些，更能透人肺腑。大市馆的浴场，其实就是个地下洞窟。浸泡其中，确实有种身处灵泉的感觉。街市上也有一些大酒店，故而一点也不土气，但其规模似乎比我想象中的要小得多，浴客以老人为主，是个安处山间的、幽静的疗养胜地。不知不觉间，我已经喜欢上这里了。

---

1. 甲州，日本古代甲斐国的别名，相当于今天的山梨县。汤是热水的意思，亦用以指代温泉。

汤　河　原

第二天，我们就乘坐身延线沿着富士川一路南下了。要说在从前，富士川也是一条浩浩荡荡的大河，水运十分发达，位于其上游的鳅泽则是个相当繁荣的港口小镇。可眼下却土石堆积，水流细小，像是正处于枯水期。如今日本的河流由于建筑了水坝、围堰，都变得"清瘦"了。富士川要是水量充沛、波宽浪涌的，定然是一幅雄浑壮丽的景象啊！——我透过车窗眺望着，心中颇为感慨。

列车在富士站驶上东海道线后，就突然提速，一路飞奔到了三岛。途中，由于铅云低垂，没有看到富士山。不过山脚下的原野十分辽阔，不论列车如何狂奔，老也走不完。又因为看不到一点具体的形状，故而在想象的世界里，它就更是无边无涯了。换乘了三岛始发的列车后继续上路，穿过长长的丹那隧道后一看，见热海[1]这一边正下着雨呢。还看到了盛夏时节波涛汹涌而又静默的大海——高耸的浪尖正饱受着雨点的敲打。

昭和三十一年至三十五年之间（1956—1960），我曾来过三次汤河原。但那种旅店揽客人员聚在一起悠然聊天的景象，眼下已荡然无存了。虽说离温泉小镇很近，才两千米左

---

1. 热海是地名，位于日本静冈县，是以温泉众多而闻名的沿海城镇。

右，但我们没带雨具，要靠步行过去并寻找旅店，显然是做不到的。于是，我们就坐上了出租车，并委托司机替我们找一家价钱在一万日元以内的旅店。

"这让我上哪儿去找呀？"

尽管司机嘴上这么说，可载着我们一连问了好几家之后，终于也找到了一家名叫"寿庄"的旅店。于是，我们就在这家一无可取、极其平凡的旅店里住了下来。唯其平凡，方见奥妙——如此自我安慰之下，倒也觉得这其实是一家挺不错的旅店了。房间很多，旅客很少，显得十分清闲。服务员跟我们说，你们看上哪间就住哪间好了。真是家通情达理、真诚待客的旅店。我心想，对于喜欢住店写作的文人来说，或许正是个求之不得的好地方吧。不过，要一万日元的话，长期住也是不划算的。

很久以前，汤河原就因文人常来此地写作而闻名于世了。像奥汤河原¹等地，更是借了名人的光而物价高涨，让普通百姓只有望洋兴叹的份儿了。不过刚才那位出租车司机说，最近文人也很少光顾了。这或许是从前那种温泉小镇恬静闲适的氛围已荡然无存、魅力尽失的缘故吧。从前，镇上不仅土特产商店鳞次栉比，还有个名叫"红钢笔蓝钢笔"的

---

1. 奥汤河原温泉，因小林秀雄、宇野千代、林芙美子等文人常来此写作而闻名。汤河原温泉是一个总称，包括奥汤河原温泉、汤河原温泉、滨汤河原温泉、伊豆汤河原温泉。

汤河原温泉

风月场所，可以听到沿街卖艺的吉他或三味线[1]的演奏声，也可以身穿和服单衣漫无目的地上街闲逛。现在，街上车轮滚滚，川流不息，已经不能漫不经心地自由漫步了。或许正是这一缘故吧，浴客都不出门了，街上看不到人影，商店门可罗雀。触目可见，仅有三家土特产店，一家弹珠店，一家打靶店，冷冷清清，一片萧瑟。想必都随着旅店学大酒店那样扩大规模，在其内部备齐各种娱乐设施后，外面自然就萧条荒寂了吧。老实说，如此巨变，令我大失所望。

　　我第一次来汤河原，是为了给O先生打下手。O先生是

---

1. 三味线，日本传统弦乐器，与源自中国的三弦相近。

漫画家中罕见的住店创作的试行者。当时所住的，是位于红吊桥那儿一家名叫"花乃屋"的旅店。O先生和我在那儿住了半个月，完成了一本贷本漫画[1]。我并不是他的学生，他要我做助手，好像是为了实现画稿的量产化。

　　不过O先生的画稿，是以一册四万日元被买断的。当时的住宿费，开价为一人七百五十日元一天，一番讨价还价后，杀到六百五十。也就是说，两人一天共费一千三百日元。住上半个月，就是一万九千五百日元了。为了节省开销，午饭靠在外面吃乌冬面对付，但偶尔也喝喝咖啡。工作干累了，O先生就会叫个做按摩的来放松一下，甚至从"红钢笔蓝钢笔"那儿叫个女人来睡一觉。O先生家里还住着个搞不清是弟子还是吃闲饭的文学青年，为了跟东京方面联系，曾把他叫来过两次。除此之外，还有我跟O先生两人的往返路费，以及付给我三四千日元的工钱。如此这般，出入相抵之后，他到底还能剩下几个钱呢？更何况每天都趴在桌子上干到深更半夜，将手巾扎在额头上，身体僵硬得跟石头一般，还不

---

1. 贷本漫画，专供贷本屋（租书店）出租而创作出版的漫画。20世纪50年代初，因漫画售价提高，超出了低年龄的主要客群的购买力，出版社将销售目标转向租书店，开始出版装帧更豪华但不在市面销售，而是专供租书店的漫画。全盛时期日本全国的租书店约有三万家，贷本漫画供不应求。很多漫画家最初都是以贷本漫画入行的，如赤冢不二夫、楳图一雄、水木茂、辰巳嘉裕、柘植义春，等等。60年代受到"驱逐坏书运动"影响，以及大出版社开始发行漫画杂志，漫画杂志成为漫画的新载体，贷本漫画逐渐退出历史舞台。

住地放屁。他这副德行，跟那些个文人墨客又怎能同日而语呢？

O先生是从战前一路画过来的资深漫画家。对于我辈奉若神明的手冢治虫[1]，他也没见过其人，说起来却是一口一个"手冢君[2]"。尽管他自己是一个从未在一流杂志上发表过作品，净画贷本漫画的三流漫画家。一册四万日元的稿费，估计相当于现在的三四十万。即便是在状态良好的情况下，一个人来画，也要花上一个多月吧。由于版权是被买断的，出版后也没有版税收入。这么点稿费，就玩起文人墨客住店创作的派头来，我真不知道O先生心里是怎么想的。当时我们所逗留的花乃屋，已于不知何时关门大吉，如今连一点痕迹都找不到了。

箱　　根

第二天，我们经由小田原去了箱根。儿子十分喜欢旅行，这倒是出乎意料的，既然他那么缠着我，就决定再走一天。

---

1. 手冢治虫（1928—1989），本名手冢治，因喜爱昆虫而取了"手冢治虫"的笔名，著名漫画家，动画制作人，医学博士。日式漫画最重要的开拓者和奠基人之一。代表作有《火鸟》《森林大帝》《铁臂阿童木》《奇子》《佛陀》等。
2. 日语中的"某某君"，表示敬意的程度比较低，一般用于较为熟悉的平辈之间。

这个新增的地点，就是箱根。清寒之人向来是与箱根无缘的，我目前为止，也从未去过。

站在热闹的汤本车站前朝须云川对岸望去，新式的酒店和普通客栈很多。不过，我们最终还是沿着国道朝塔之泽走去——据说那儿还有些古风犹存的旅店。不料这里的汽车比汤河原那边更多，速度也更快，并且没有人行道，我们简直是在拼着性命走路。哪怕有些里弄小巷，也好避一下汹涌的车流，可这儿就只有这么一条国道。而在此国道上步行着的，除了我们别无他人。外面这么危险，看来我们住店后也不敢出门了。事实上，出门也没啥意思。因为塔之泽只有两三家客栈，连个小店小铺都没有。而那种纯和风的高级旅馆，我们是怎么也住不起的。为了逃离国道，我们在塔之泽坐上了登山电车，直奔"大平台"而去。电车沿着Z形的路线往上爬，低头望一眼早川的溪谷，不由得令人感叹，这"天下之险"果然是名不虚传。

大平台是一处在开阔山坡上新开发的温泉地，有二十来家民宿规模的小客栈。四周既没有森林也没有溪谷，景色十分单调。唯一的优势，就是价格便宜。于是我们就在一晚上五千日元的"八千代庄"住了下来。然而，该店的料理全部都是冷冻食品，叫人大倒胃口。吃饭又必须在食堂里吃，结果被二十多个老年游客团团围住，这些老人又十分安静，令人徒增寂寥之感。

其实，在决定住这家店之前，我们还去另一家小客栈看了一下。那家的房屋结构既不像旅店，也不像民宿，就跟招租寄宿学生的普通人家似的。总共只有三个房间，且只剩下一间，不巧的是，这一间还没有窗户，暗淡无光。不过老板的言行举止有点像教师，住进去的话似乎很有动力用功学习，我向来喜欢有点古怪的客栈，所以事后想想觉得很有趣，为没在那儿下榻而懊悔。

第二天上午九点，服务员进来打扫屋子了，我们只得像被扫地出门似的离开了八千代庄。我们还是乘坐登山电车，一路往上，直到终点站强罗。那儿有许多公司宿舍和团体设施，大煞风景。我们觉得即便坐索道缆车再往上到达大涌谷和芦之湖，也肯定会大失所望的，所以就不想去了。

返回时，我们在宫之下下了车。宫之下还有堂岛都紧靠着国道，极为喧嚣。旅店很少，只有四五家，外面还停了许多高级车，据说外国游客很多。或许正是这么个缘故吧，我看到了两三家古董店。还有一家文化遗产级别的十分气派的富士屋大酒店，我们在它旁边的一个面包店里，买了一斤[1]长条形的吐司面包。这是准备去早川溪谷那儿吃的，可要下到溪谷却也并不容易。好不容易才找到了往下走的入口，可到谷底一看，溪流早被旅店所排放的污水污染得一塌糊涂了。

---

1. 此处的斤指日本专用于吐司面包的重量单位，相当于350～400克。

溪谷很深，像是没什么人愿意来此谷底观光。

我们三人在谷底悄然吃着没抹一点果酱、奶酪的面包，心情也渐渐无聊、落寞起来。可以说，除了大平台，这儿还真不是穷人该来的地方。我早就适应了东北地区那些个偏僻的温泉地，对于箱根，虽说只看了一部分，获得的印象并不完整，但我实在搞不懂它人气为什么会这么旺。

（昭和六十年［1985］八月）

镰仓随步

由于儿子学校的建校纪念日紧挨着星期天，成了二连休，考虑到闷在家里也不是个事，就一家三口一起去了趟镰仓。我第一次去镰仓还是在昭和三十二三年（1957、1958）那会儿，记得是从品川坐火车去的，不过当时只是陪着朋友走亲戚，名胜古迹哪儿也没看。之后也从未去过，所以这次就跟初次前往一样，内心充满了期待。

我们从最近的车站坐上了小田急线的电车，到了藤泽后，又换乘了江之电[1]。这种单轨的小电车我还是头一回乘坐，见它几乎是擦着人家的屋檐穿行于狭窄的通道之中，觉得十分有趣。有些房屋确实离铁轨很近，仿佛一跨出家门就有被撞死的危险。为什么要将住宅建在这种地方呢？我百思不得其解。右手边，透过房屋的间隙可看到腰越[2]的海面，看得妻子大为兴奋，就跟第一次看到大海似的。

---

1. 江之电，江之岛电铁线，开通于明治四十三年（1910），历史悠久。
2. 腰越，地名，位于日本神奈川县西南部。

　　我们在长谷站下了车，参观了长谷寺。导览册上说，这儿可是与鹤冈八幡宫、镰仓大佛齐名的著名寺院。卖参观券的窗口前排着长队。寺院内人山人海，我们跟着人流进入正殿看了看。正殿里异常昏暗，正中间耸立着一尊观音像，只有那儿照着灯，金光闪闪的。当时我一边跟儿子开着玩笑一边往里走，猝不及防地遇见这一景象，不觉倒吸了一口凉气。因为这尊观音像差点让我产生了错觉，以为一位活生生的菩萨就站在那里呢。平时，由于看不到神佛，所以往往会觉得那是不存在的，顶多也是半信半疑吧。而这尊高达九米，要人抬头仰望的雕像，似乎正以某种强烈的真实感宣示着菩萨的存在。也不知道为什么，这令我有些狼狈不堪。

　　传说这尊观音像是在天平[1]时代，不知从哪儿漂到附近的海面上来的。我想象了一下这尊身长九米的巨大雕像在铅云笼罩下波涛间漂荡沉浮的景象，觉得还真有些惊心动魄。当时住在海边的人们看到了，想必会诚惶诚恐地匍匐在地吧。或许有些做过坏事，心中有愧的人，还会左奔右突，不知该如何躲避才好。《山越阿弥陀图》[2]中从山背后显出身姿的阿弥陀佛，往往比山峦更为高大，而这尊观音像给人的视觉冲

1. 天平，日本奈良时代的年号，指圣武天皇的统治时期（729—749）。
2. 《山越阿弥陀图》，佛教"来迎图"的一种。描绘阿弥陀佛与众菩萨翻山越岭前来迎接临终的信徒前往西方极乐世界。画中的阿弥陀佛多为从两山之间显露上半身，从画面比例上看，佛比山还要高大。

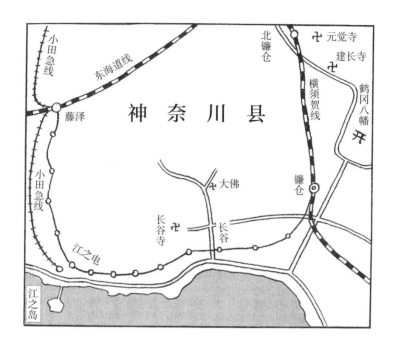

击力，与阿弥陀佛相比也毫不逊色。我以为之所以要这么做，就是要让人觉得菩萨是真实存在的。看来长谷寺的魅力，就在于将原本看不见的神佛，变成了肉眼可见的存在。

长谷寺内，随处可见用作水子供养[1]的小地藏王菩萨雕像。这些雕像数量众多，紧紧地挤在一起。看着这些天真无邪的小模样，仿佛能听到他们呼唤父母亲的声音，令人悲从中来，心里堵得慌。所幸这种"水子"的经验我没有过，要真有过那么一次，眼下恐怕会难过得要死，连肠子都要悔青

---

1. 水子供养，为流产、脱胎、夭折的胎儿上供。

了吧。我自己也有孩子，故而感怀至深。

　　由正殿逐级而下，就来到了池塘边。附近的悬崖处有个狭窄的洞窟，进去一看，发现里面还有一个池塘。透过那清澄的池水，可以看到香客投的硬币。石壁上雕刻着的佛像，在蜡烛光的照耀下晃动着，颇为诡异。我从小就喜欢地窖之类的狭窄空间，甚至想让自己住在壁橱里。进入这个洞穴之后，我便发现自己的这一癖好至今未变，心想，我要是能像古代的修行僧那样，默不作声地在这种地方打坐，肯定会安闲自得的吧。

　　出了长谷寺后，我们马上去看了近在咫尺的大佛。这尊大佛要比长谷寺中的观音像大得多，可不知为什么，它并未令我感动。或许是它完全暴露在室外，缺少神秘氛围的缘故吧。看来不在昏暗的环境中加以适当的渲染，是起不到动人心魄的效果的。想来也是，就宗教而言，比起用大脑来理解，显然是陶醉于其庄严的氛围之中时，更能放下自我与执念。就在前几天，我去高尾山时正赶上有人在做除厄祈祷。这种事理性思考起来，是不会相信它有什么效验的，可当时我又确实为其庄严的仪式所感动。一种把自己毫无保留地交付出去，一切都听凭神明处置的冲动，油然而生。这儿的大佛原本也是身处殿堂之中的，发生海啸时，建筑物被波涛卷走了，之后就一直这么光秃秃地暴露着，总叫人觉得缺少了点什么。我们买了参观券，进入大佛体内看了一下。但大佛肚子里空空荡荡的，一无可看，比它的外观更加索然无味。

"就这个还收人的钱，也太狡诈了吧。"妻子说道。

看过大佛之后，我们原路返回，走过长谷寺参道左侧，再跨过江之电的道口，直奔大海而去。我们原本就是以散步的轻松心态外出的，连地图都没带，所以不知道去哪里好，只是随心所欲，溜溜达达地往前走，但长谷寺附近的街景也够乏味的。虽说这儿也是古都，却并没像奈良、京都那样的古色古香的商铺、住宅。见海边有一所略带古风的小型酒店，虽说我们也必须确定住宿了，可这一家没个一万日元是拿不下来的吧。往左一拐，发现酒店旁还有一家民宿。不过它没那种醒目的黑色围墙，倒像个小饭馆似的。我心想："到底是镰仓啊！"上前一打听，说是只招待女客。导览册上也净介绍些专门接待女客的旅店，这到底是怎么回事呢？刚才妻子看到游客后就说："净是女的，没一个男的嘛。"

虽说星期天出游的人多，但触目所及，都是三四十岁的家庭主妇。或许是由于近来女性强势，镰仓的旅店全都看不上男客了亦未可知。

过了那民宿，眼前就是一片大海了。但我们立刻扭头，走入了屋后的小路。因为，海边的国道上汽车、摩托车川流不息，到处都是年轻人，海面也几乎都被小艇、冲浪者覆盖了。游客太多，未免叫人望而却步。小路旁挖有沟渠，里面水流潺潺，上面还架了好几座小桥。屋外已点起了明亮的电灯，一座小桥上孤零零地站着一个身穿和服、颇有品位的老者，许是傍晚外出散步的吧。看来，屋后的小路要比屋前的大道更具镰仓风味，我们边走边品味着。

我已经不记得昭和三十二三年来这儿时走了哪些地方了，只记得那是个令人昏昏欲睡的下午，朝大海方向走去时看到过一片松林，沙地一直延伸到小巷的深处，从围着建仁寺竹篱笆[1]的住宅中传出收音机的声音，不知从哪儿还飘来了悠扬的钢琴声……如今，要去哪儿才能看到如此景象呢？

不知不觉间，我们又回到了长谷寺参道的入口处，于是就在一家名叫"对仙阁"的旅店里安顿了下来。该旅店为木结构建筑，一望之下，古风犹存。其实我们先前也注意过它，但因其外表不甚令人满意而踌躇未进。不过眼下天已断黑，正助也很累了，所以尽管它只带早餐不管晚饭，有些枯索冷淡，我们还是不得已而投宿于此。这镰仓的旅店不仅只招待女客的居多，不带晚餐的也不少。以前去京都，也遇到过这种情况，莫非古都的居民都不吃晚饭吗？

住下来后，对仙阁给人的感觉还是相当不错的。或许是明治时代老建筑的关系吧，玄关处摆着一架比我人还高的大座钟，电话间也是十分罕见的旧时模样。我们被领到了二楼的一个房间，尽管略显陈旧，却有十二叠大，海风穿堂而

---

1. 建仁寺竹篱笆，竹篱笆的一种。将竹皮朝外的竹片不留间隙地紧密排列，再用竹条横向压住后用棕榈绳捆扎而成。据说起源于京都的建仁寺。

长谷寺门前的旅馆　对仙阁

过，令人心旷神怡。那位略上了点年纪的老板娘（还是女侍？），沉静稳重，待客周到而又审慎，叫人顿生好感。我心中窃喜不已，就跟捡漏得了宝贝似的。旅店的对面是一家鳗鱼料理店，隔壁是古董店，相隔两三家还有个大众食堂，可见旅店不管晚饭也是无妨。除了我们之外就不见别的旅客了，想来是不怎么吸引爱好时髦的女客吧。不过对于我们来说，反倒是不可多得的。

　　在外面吃盖浇饭对付过晚饭，洗完澡之后，我们就玩起了花札[1]来。在平时，正助对玩花札没什么兴趣，更谈不上

---

1. 花札，将不同花牌相互搭配的一种日本纸牌游戏。

喜欢，可每逢要出门旅行时，他总会将花札放入双肩背包中，从不忘记。所以没办法，我也只得陪他们一起玩了。洗过牌后，按照"手七场六"[1]的规则，正助故意将牌发在铺成"川"字形的被褥上，好让我们急着去抓。虽说我已经手下留情，有意让他赢牌，结果却还是他一个人输。要是在以前，他会大吵大闹，说什么"没完，没完。我不赢牌绝不能完"。可最近他输了牌也不发牢骚了。看着他默不作声地将花纸牌收进盒子里的样子，我不由得心生寂寥。事实上，我更乐意他耍赖、胡搅蛮缠，现在这么懂事，反倒让我心中不忍。我心想，他要是有个兄弟姐妹，一定会更欢闹的吧。像现在这样，让他跟着我们看些无聊的庙宇，走累了也不吭声，既不闹也不抱怨，真让我为没能给他生个把兄弟姐妹而于心有愧。

　　十点半左右，妻子和正助都睡了，但我睡不着，因为我对明天有所期待，内心正激动不已呢。刚才，在旅店对面的古董店里看到了一尊佛像，明天要不要将它买下来呢？犹豫不决，思来想去，结果弄得两眼老那么炯炯有神。我早就想要一尊佛像了，以前也去旧货市场逛过几次，但没遇见价格合适的。镰仓的古董店多，寺院也多，所以出门前我就心怀期待，将前些天处理旧书得的钱带了来。

　　在对面那个古董店里看到的，是个高约三十厘米的千手

---

1. 手七场六，最开始发到每人手上七张牌，面前六张牌。

观音像。铜制的，很沉。比起木刻雕像来，我比较喜欢金属制成的佛像。那个千手观音，名为"千手"，其实已经大打折扣，左右两排加起来，总共也只有十八只手，不过每只手里都拿着家伙，全部完好无损。说实话，我真正想要的，也并不是这种繁复庞杂的玩意儿，如果是更小一点的，简单沉稳的阿弥陀佛塑像，更合我的心意。但考虑到价格因素，就容不得我这么挑三拣四了。当然，那尊观音像也不是什么有价值的真正的古董，老板也坦诚相告说："是明治时代的东西哦。"我买佛像的目的，是因为觉得自己没什么信仰之心，还是早晚对着佛像合掌膜拜一下比较好——哪怕是做做样子。所以说，是不是古董，其实没什么关系。

第二天早晨，一向习惯睡懒觉的我，却十分难得地醒得比妻子还早。一看，才六点钟。躺在被窝里，平静安详地听着长谷寺那边传来的钟声。宗教真不错啊——尽管我对此一窍不通。随即又迷糊了起来。吃过了早饭，等到古董店开门后，我就毫不犹豫地买下了那尊观音像。杀了一万日元的价，花了六万七千。由于这玩意儿很沉，便委托店家用"宅急便"寄回去了。

这天早晨也不知为什么，总觉得心情十分舒畅。随后，我们又坐上了江之电，前往镰仓站。鹤冈八幡宫的参道旁也有几家古董店，我们一家一家地张望着往前走。不一会儿，妻子就说，她也要买个佛像。原来，她不失时机地看中了一

在古董店买的千手观音

个非常可爱的佛像挂件。价格一万出头，妻子毫不犹豫地买了下来。那是个在绘马[1]似的板上粘着大小五个佛像的朴素的铜挂件。就其价格来看，肯定不是什么老货。不过妻子很满意，她说了："不是古董又怎么了？自己喜欢的东西才是最有价值的。"

我们夫妻俩都买到了中意的物件，内心欢喜不已。站在小摊旁吃了碗刨冰后，我们就去了八幡宫。一钻过鸟居，就看到了一个池塘，还有太鼓桥[2]。这是座近乎半圆形的拱桥，桥面很滑，不太好上，我助跑了一阵后，一口气冲上了桥

---

1. 绘马，一种写上心愿供在神佛前的小木板，高约 10 厘米，长约 15 厘米。最初，木板上绘有马的形状，故名。

2. 太鼓桥，指如鼓身一般圆形鼓起的拱桥。

顶。我们省却了神社参拜，横穿院内，汗流浃背地爬上通往
建长寺的坡道。作为这一带的著名山景，我们想看看那条有
名的崖间通道，还有位于半山腰的洞窟墓穴，却又不知道在
哪儿。

由于是星期一，建长寺里的香客很少，多少有些冷清。
建筑虽已破损老化，但仍透着一股禅寺所特有的质朴况味。
或许是出于无奈吧，近来很多寺院都用钢筋水泥翻建过了，
变得索然无味，令人万分遗憾。

我们十分动容地瞻仰过巨大的木结构山门，观览了四周
一圈之后，就穿过据说是镰仓第一的宽敞的寺内院落，去方
丈室的背后看了看。令人不解的是，虽说这儿也仍在寺院内，
却有一片民居住宅。屋前还晾晒着衣物，由此可见绝不是和
尚的僧房。这儿四周有绿树环绕，环境十分幽静，要是俗人
也能居住，我也十分乐意的。

再往里走，就看到了一个小茶店。导游手册上说，这个
茶店跟大正时代的私小说作家葛西善藏[1]颇具渊源。葛西先生
在东洋大学学了一些课程后，曾在该寺内的宝珠院寄宿过一
段时间。那会儿，茶店家的女儿阿静每天给他送饭，有时也
陪他喝两盅，一来二去的，两人的关系就不一般了。葛西先

---

1. 葛西善藏（1887—1928），日本小说家。其作品主要描写自己生活中的苦恼，
   葛西因此被称为"私小说之神"。主要作品有《悲哀的父亲》《带着孩子》
   《湖畔手记》等。

生在老家是有老婆的，可他在这儿又让阿静生了两个孩子。不用说，这事当然十分棘手，还因他自己的作品而广为人知。我在读他的作品集时，对他产生了浓厚的兴趣，除了他的生平，对他死后其遗族的状况也十分上心。葛西先生死后，其版税收入自然是归妻子所有的。那么，身处极端贫困之中又带着两个孩子的阿静，后来又怎样了呢？尽管这事跟我毫不相干，却也着实操了一阵子闲心。葛西先生去世那年，阿静生下最小的女儿。那是昭和三年（1928）的事情。照此看来，葛西先生的那两位遗孤应该还健在，莫非继承了茶店，还继续经营着？我不由得好奇心大动，想去那茶店看个究竟——尽管自己也知道这么做多少是有些失礼的。然而，或许是星期一[1]的缘故吧，茶店没开张。透过窗户朝屋里张望了一下，发现这是个十分简陋、寒酸的茶店。

关于葛西善藏的作品，也有些十分苛刻的评论，说他写的东西净是些"醉汉的絮叨"，可我觉得能从这些"絮叨"的背后听到呼救之声。他的一生，似乎就是在这种絮絮叨叨中度过的，但这又并非出于他的本愿，而像是有什么恶魔附体似的，身不由己地就匆匆耗尽了自己的生命。在建长寺里，他也进行过腊八接心会[2]那样严酷的修行，但佛法似乎未能成

---

1. 星期一是日本的定休日。
2. 腊八接心会，指佛教禅宗从 12 月 1 日至 8 日早晨为止的、无休止的连续坐禅修行。

为他的拯救之道。

> 所谓学佛道者，即学自己也。学自己，即忘自己。[1]

这是道元[2]的名言。然而，文学、艺术也是一种邪魔，一旦执着于此，恐怕就难以"忘自己"了。禅宗是主张"不立文字"的，就是不涉文字，不依经卷的意思吧。而艺术所能达到的境地，是只顾自己不顾他人，且一味地想拔高自己，也即自私自利的境地，因而也是不过尔尔的。如此说来，葛西先生若能折断钢笔放弃写作，或许是能够获得救赎的吧。

出了建长寺，我们一直走到了北镰仓站。本想顺道看一下圆觉寺，但觉得已经很累了，正助也在喊脚疼了。反正这地方一天两天是看不过来的，还是以后再来吧。

（昭和六十一年［1986］六月）

---

1. 出自道元禅师之《正法眼藏》，整段为："所谓学佛道者，即学自己也。学自己，即忘自己。忘自己者，为万法所证也。为万法所证者，即令自己之身心及他人之身心脱落也。若有悟迹休歇，即令休歇之悟亦长长流出。"

2. 道元（1200—1253），日本镰仓时代初期的禅僧，日本曹洞宗的鼻祖。俗姓源，号希玄，京都人，系日本村上天皇第九代后裔，内大臣久我通亲之子。曾于1223年入宋（中国）修习。

伊豆半岛周游

　　昭和五十八年（1983）晚秋，正是落叶萧索，意气消沉之际，却有意外之客来访。西伊豆松崎"长八之宿·山光庄"旅店的老板娘，特意寻到我居住的小区来了。初会老板娘还是昭和四十二年（1967）的事情。那年夏天，我飘然出游，碰巧入住山光庄。不过当时也只是与老板娘打了个照面，并未交谈。因此也可以说，这次，才是我与她的初次见面。

　　老板娘这次是特意来向我表示感谢的。因为我画的漫画《长八之宿》[1]，给她的旅店多少起到了一点宣传作用。她说，之所以迟至今日才来致谢，是因为一直打听不到我的住址，直到前几天，有媒体相关的客人住宿，拜托了他们，才总算找到了。我听了十分惶恐，赶紧说"这也难怪，这十几年来我净搬家了嘛"。

　　其实，我所描绘的《长八之宿》，虽说以山光庄为原型，

---

1. 《长八之宿》，柘植义春于 1968 年发表在漫画杂志《GARO》上的 24 页短篇。

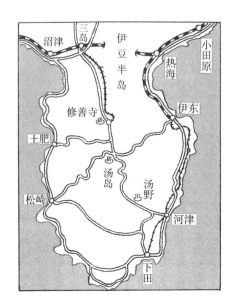

情节却完全是虚构的，甚至连旅店的名称也从"山光庄"改成了"海风庄"。但毕竟是以她的旅店为原型，我也担心是否给她惹了麻烦，故而问了一下实际情况。

作品中的海风庄，是原先的鱼把头[1]转营旅店而来，而在现实中，据说原先那是个造酒的作坊，后来荒废了，几乎没法住人了，是老板娘非要干旅店才改建的。在漫画中，我自作主张地给旅店配了一个正在上大学的女儿麻理，一个风骚的女侍阿丰，还有一个男佣阿吉。可听老板娘说，她当时还

----

1. 鱼把头，拥有渔船、渔网等捕鱼用具，并雇用渔民为其捕鱼的老板。

真有个上大学的女儿，现在已三十六岁，是两个孩子的妈妈
了，住在东京的大泉学园，今天就是女儿的老公开车送她过
来的。还说确实有一个名叫阿丰的女侍，吓了我一大跳。说
是阿丰早已退休，但仍不时地前来帮忙，如今已七十岁了。
我投宿山光庄是十六年前的事了，如此说来，阿丰当年也有
五十四岁了，跟漫画中那个风骚的女侍显然是两码事。不过，
倒是没有阿吉那样的男佣。

　　老板娘说，我投宿那会儿，山光庄才开业了一年左右，
很少有客人光顾。

　　"多亏先生您发掘出了'长八之宿'，这才……"

　　据她说，后来电视台的《向往远方》节目组来采访了他
们，根据横沟正史 [1] 的原作改编的电影也来拍摄了外景，最
近，东海地区的电视台专门介绍了长八 [2] 的镘绘 [3]，并且也来采
访了他们。我虽然对这些事情一无所知，但并不认为这一切
是我画了那个不怎么畅销的漫画的功劳，而觉得是那些保留
着菱纹墙和长八作品的旧建筑本身太珍贵的缘故。

　　说是在那之后，山光庄又扩建了，至于我住过的那个土

----

1. 横沟正史（1902—1981），日本本格推理作家。代表作有《女王蜂》《狱
　门岛》《本阵杀人事件》《犬神家族》《八墓村》等，塑造了名侦探金
　田一耕助、人形佐七等角色。
2. 入江长八（1815—1889），日本江户时代以镘绘闻名的泥瓦匠。
3. 镘绘，使用镘（抹刀）等传统泥瓦匠工具和灰浆等日本传统涂墙材料，
　制作而成的半浮雕。题材有风景、人物、故事等。

仓结构的"长八之宿"，老板娘则说："还保留着先生居住时的模样，一点都没改动。"

似乎还因这种敬重我的做法而颇为自豪。当然了，这个房间也还在使用，不过听她的口气似乎是要永久保存下去了。这岂不是把我当作文豪看待了？我不免内心一阵惶恐。

交谈中，我看着身穿柔美和服，身材苗条的老板娘，怎么也不相信她居然已经是做了外婆的人了，同时也十分自然地回想起，当时去结账时在大堂看到老板娘后惊为天人的场景。

老板娘在我家坐了不到一小时就回去了，说是因为女婿还在外面等着呢，但也可能是我这个与文豪或"漫豪"极不相称的寒舍，以及我本人因偏巧旧病复发而脸色阴暗的形象，破坏了她心中美好想象的缘故吧。总之，我觉得挺过意不去的。

我查了一下手头的记录，发现上次投宿山光庄是在昭和四十二年（1967）的八月十日。当时，西伊豆尚未开发，乡野淳朴，听人说"要去的话，也就是现在了"，就同T君一起开车上路，由三岛那儿进入了伊豆半岛。

第一晚，我们住在面对着美丽的汤岛世古峡的"汤川屋"。那时，汤岛我也是第一次去，觉得那地方不错。到达汤岛之前，我们也看了修善寺温泉，与那儿相比，汤岛的景色要清幽得多了。尤其是汤川屋一带的溪谷，风景之美是连

汤岛温泉　右为汤川屋

梶井基次郎[1]都不吝啬赞美之词的。

汤川屋其实并非独具魅力的旅店，按照我们的心思，反倒更愿意投宿于对岸的国民宿舍，只是因为那儿客满了，才决定住在这里。第二天结账离开时，听店里人说："从前呀，梶井基次郎先生也在咱们这儿住过呢。"

这倒是大大地出乎我的意料。

---

1. 梶井基次郎（1901—1932），日本近代作家。是日本少数生前寂寂无闻，死后才出名的作家。战后曾与中岛敦、太宰治并称为"三神器"。擅长以象征手法及病态幻想构织出忧郁的世界以及理想境界。一生只留下20篇作品。代表作为《柠檬》。

还说年轻时代的尾崎士郎[1]、宇野千代[2]夫妇也来住过。

那时，汤川屋的住宿费是一晚上一千五百日元。

我们在汤岛感到心满意足之后，没有再往前去翻越天城岭，而是沿着来路稍稍退回了一点，翻过了道路状况极其恶劣的土肥岭，去了西伊豆海岸。土肥那儿的海滩上没有沙子，净是些小石子。在前往堂岛的途中，我们又去看了宇久须的黄金崎。堂岛那儿盖起了十分气派的大酒店，一点也不土气。从堂岛出发经过松崎，我们来到岩地的海边，在那儿游了一会儿泳。岩地是个小小的海湾，风平浪静的，在当时，乡土气息还比较浓，是个好地方。接着，我们又往半岛的前端而去，在云见也稍稍游玩了一下。从云见到妻良，那时道路还不通，等我们不得已返回松崎，已是黄昏时分了。一找旅店，发现到处都客满了，正当我们像没头苍蝇四处乱撞时，发现了"长八之宿·山光庄"。这个旅店的门楼等处透着一种十分高档的氛围，并不是我们喜欢的那种，但它还有空房间。或许是开业不久的缘故吧，店家居然将我们这两个浑身脏兮兮的小伙子安顿在了店内最高级的"长八之宿"。

长八之宿位于土仓结构的二楼，打开厚重的大门，见有

---

1. 尾崎士郎（1898—1964），日本小说家，高产的流行作家。代表作有《篝火》《雷电》等，并有《尾崎士郎全集》全12卷传世。

2. 宇野千代（1897—1996），日本著名小说家、设计师，日本艺术院成员。1926年与尾崎士郎结婚，1930年离婚。作品有《阿蕃》（野间文艺奖）、《幸福》（女流文学奖）、《雨声》（菊池宽奖）等。

笔者在汤岛　昭和四十二年（1967）八月

一道如木梯般狭窄的楼梯直通其上。二楼上有八叠（十叠？）和四叠的房间两个，其构造透着旧式建筑的凝重感。隔扇上的书画墨迹尚新，低得与榻榻米位置齐平的矮窗上镶着铁格子，檐廊的柱子上以及像是防雨窗套[1]的地方，完好保留着江户时代的镘绘高手入江长八的泥灰浮雕，竟然无一点瑕疵。

洗过澡换上单衣放松下来后，差点产生错觉，以为住在这样的房间里，自己还真是个大文豪呢。随即又不免胡思乱想：今后靠漫画赚了大钱，一定住到这样的旅店来搞创作。

菜肴则是以整条鲷鱼为首的白肉型鱼类。吃晚饭时有三个女侍在一旁伺候着。T君有滋有味地啜饮着清酒，完全陶醉于古代领主的感觉之中了。海风阵阵，也吹来了外边盂兰盆节[2]聚会上的歌舞之声。女侍们摇动团扇，给我们送来清风。然而，奇怪的是，随着外面的歌舞声越来越热烈，团扇的摇动频率也越来越快。

"怎么啦？"一问之下，她们回答道："外面跳舞到九点钟就结束了。"一个个都显出坐立不安的样子。

原来她们三人一同来伺候我们，是为了等我们吃完晚饭后能快速地收拾残肴，铺好被褥，然后飞奔而出，加入外面

---

1. 防雨窗套，旧时日式房屋设在外廊尽头，用于收放平行滑动的防雨窗的地方。
2. 盂兰盆节，日本迎接和供奉祖先之亡灵的民俗性佛教节日。各地过此节的时间有所不同，一般在 7 月 15 日至 8 月 15 日之间。

的歌舞阵营。

如此奢华的招待，住宿费却每人只收一千五百日元，虽说汤川屋也只收这么多，但这儿的待遇可要好太多了。当时的一千五百日元相当于现在的多少呢？反正现在一万日元的旅店别说女侍伺候吃饭了，连在自己房间里吃饭都不行，只能与众多素不相识的游客一起挤在食堂里味同嚼蜡地填饱肚子。

第二天，我们去半岛岬角的石廊崎看了下，又逛了下田，就踏上了归程。当天住在伊东附近一个叫作八幡野的偏僻渔村里，旅店的名字叫"钓作"，是专供钓鱼爱好者住的，跟民宿似的，十分简陋，收费一千日元。店里有个像是小学一二年级的小女孩，居然十分老练地主动跟我们攀谈，叫人有些招架不住。这女孩浑身长满了小疙瘩，像是被蚊子叮咬出来的，有些还化脓了，看着有点恶心。她老缠着我们，刚把她赶出了房间，一会儿她又进来了。说什么她不是这家的孩子，是老板娘妹妹的孩子，寄养在这里的，父亲的脑袋里生了个瘤子，正住院呢，母亲在东京工作。就这么一点也不见外地将自己的身世全都告诉了我们。

由于我们投宿较早，空余时间很多，我说了句"闲得发慌"后，T君突然发起火来，竟说吃过晚饭后就要当夜赶回去。我不知道他为什么生气，兴许是一个人开车太累了吧。随后，他就独自躲到角落里去生闷气了。由于受不了蚊子的轮番攻击，门窗都关得紧紧的（纱窗在当时还没普及呢），屋里闷热难耐，令人汗流浃背，所以连我的心情也变得越来越坏了。

第二天早晨吃过早饭后，T君还要睡个回笼觉，我就跟那女孩去海湾左侧的海角看了看。一个叫作"桥立"的地方，那儿的柱状节理[1]倒是意想不到的奇景。据说还是钓石鲷鱼的好地方。那女孩把该海角称作"YAPPANO岬"，不知是当地人都这么念"八幡野[2]岬"，还是女孩的舌头不利索，反正我觉得这是个好名字。

（昭和四十二年［1967］八月）

---

1. 柱状节理，也称为裂隙，是岩体受力断裂后两侧岩块没有显著位移的小型断裂构造。
2. "八幡野"在日语里一般读作"YAWATANO"。

猫町纪行

  曾有一位热爱旅行的朋友看了我的地图说，这简直是旅行之"虎卷"[1]啊。那是因为我在地图上画了无数个小圆圈，这么做的目的，是在出门旅行时可以不带导游手册。而其中的大部分圆圈都是画在宿驿地[2]或温泉疗养地的。并且，小圆圈数量极多，仿佛我外出旅行，就是为了寻访这些地方似的。与此同时，基于我的个人偏好，又往往将小圆圈圈在了那些较为偏僻的、不大出名的地方。

  其中，就有个保留于山梨县甲州大道旁的"犬目宿"。犬目宿窝在深山之中，不精于宿驿地的人是不会知道的。我曾于十二三年前去寻访过，并迷了路。由于迷路，十分遗憾地未能到达犬目宿，却也出乎意外地遇到了渴望的光景，实

---

1. 虎卷，源自中国兵法书《六韬》中的《虎韬》。在日本，因传说平安末期战神源义经从鬼一法眼处获得此卷而广为人知。转义为秘籍。
2. 宿驿地，指日本江户时代为旅行者提供住宿而在各地设置的驿站，也是旅店、饭店、酒馆等的集中地。

现了我寻访宿驿地或温泉疗养地的目的。

　　当时，正好朋友T君来约我去山梨县的大月一带开车兜风。于是我就提议说，既然要去大月，那就顺道去近前一点的犬目宿看看吧。

　　犬目宿位于深山之中，须在上野原离开现在的甲州大道，沿着一条旧道行驶十千米左右才能到达。我们凭借着我那张画满小圆圈的地图的指引，一直行驶到上野原，在那儿买了些著名土特产酒馒头[1]后，开车进入了旧道。旧道的入口位于上野原郊外一条坡道的中段，虽说我们觉得已经下降很多了，可到那儿往下一看，仍不禁头晕目眩。鹤川就在我们的眼皮底下流淌着，河对岸就是通往犬目宿方向的旧道，清晰可见。眼见得路况很差，路面凹凸不平，还相当狭窄，顶多也就能过一辆汽车吧。这甲州大道好歹也是五大道[2]之一啊，看来在古代，所谓的大道也是很窄的。上州的三国大道[3]也好，猿京一带残存的旧道也罢，都是行人面对面走过都几乎要撞肩的、放在现如今叫人难以置信的简陋小路。

　　我把车停在鹤川桥畔，吃了在上野原的街市上买来的酒

---

1. 酒馒头，一种往面粉中掺入清酒或浊酒醪以及发酵粉后制成皮子，再包上豆馅等后蒸熟的包子。
2. 五大道，日本江户时代以江户（今东京都）为起点的五条大道。即东海道、中山道、日光大道、甲州大道和奥州大道。
3. 上州即日本古代的上野国，相当于现在的群马县全境。三国大道，指上野国通往越后国、佐渡国和出云崎的大道。

馒头。上野原从前也是个宿驿地，作为其遗风，保留至今的
酒馒头店竟有六家之多。这种馅儿略带咸味、滋味朴素的馒
头，竟然便宜得吓人，一个只要三十日元。我曾经特意坐了
电车前去买过。

　　旧道位于相距鹤川五千米左右的野田尻。那儿以前也是
个宿驿地，某个旅店前还有个古池塘——就是芭蕉[1]那著名的
俳句"青蛙跃古池，静水起清响"中所写的那个。现在已被
中央高速道所摧毁，踪迹全无了，但还留有一块石碑，于是
想去看一看那儿，以及野田尻。然而，我们没发现街市模样
的住宅群，就一路往前开了。由于T君对于宿驿地之类的地
方毫无兴趣，我也就不好意思让他绕道去找了。

　　从地图上看，从野田尻到犬目宿还不到四千米，只有顺
着鹤川的支流仲间川的那么一条道路。然而，到了一个有
三四户农家的地方之后，道路却一分为二。如果顺着原路一
直往前开，眼见得是要闯入农家院子里去的，故而我们只得
左拐，开上了一条相当陡的上坡道。两旁的树木枝繁叶茂，
将视野挡得死死的，路面也不甚清晰，似乎一不小心就会消
失在杂卓丛中似的。这时，其实我们已经怀疑是否迷路了，
但还是沿着坡道往上开，最后，终于跑完了整个坡道，来到

---

1. 芭蕉，即松尾芭蕉（1644—1694），原名宗房。日本江户前期俳人。对
　俳谐进行改革，成为集大成者。其俳风被称为"蕉风"，具有闲寂、余
　韵、玄妙、轻快之特色。主要作品有包括俳句集《冬日》《猿蓑》《炭包》
　在内的《俳谐七部集》，以及《更科纪行》《奥之细道》等游记。

一个高台上。一上高台，就发现另有一条大道横贯而过，而穿过了这条大道，马上就是下坡路了。就在汽车横穿这条大道的一瞬间，我偷眼朝左右两边望了一下，心想，这儿会不会就是犬目宿？确实，在宽达五六米的大道两侧，耸立着一些家居建筑，还真颇有些宿驿地的氛围。

那会儿正当日落时分。四周都被淡紫色包裹着，街灯已经亮起，白刷刷的。带些湿气的街道已被洒扫得干干净净，但仍留有些许白天烈日照射后的余热。在一派晚饭前短暂时光的安详与闲适之中，老人和孩子都上街玩耍着。身穿单衣玩跳绳的女孩子、骑着大人的自行车扬扬得意地转着圈的调皮鬼、玩"跳房子"游戏的孩子裤子上还打着补丁。近来，我已好久没看到身穿妈妈用心打过补丁的衣服的孩子了。老人们悠闲地坐在长凳上。这景象正是庶民街区特有的繁华。

所谓宿驿地，一般都是旧时代的遗迹，荒寂、幽静，但这儿却生活着健康、清朗、质朴的人们，一派生机勃勃的气息。如此偏僻的山中，居然也有如此充满活力的生活场景，真是出人意料啊……由于我们是从黑暗隧道般的茂密街树下蹿出来的，猛然看到如此场景，自然会觉得似乎闯入了另一个世界，一个与世隔绝的桃花源。

汽车横穿大道也就是一眨眼的工夫，所以并不能确认那儿是否真是犬目宿，但我觉得八九不离十，甚至想要倒回去看个究竟。不过正在开车的T君像是急着赶路，我也只好不提

此事了。

　　汽车沿着坡道不断地往下行驶，不知不觉间就来到了横跨在中央高速道上方的高架桥上了。到了这会儿，T君才回过神来似的，歪着脑袋自言自语道："不对啊。我们像是迷路了。犬目宿到底在哪儿呢？"

　　随后他又说："天色也晚了，我们还是回去吧。"

于是我们就放弃前往大月的预定目标，直接踏上了归途。

我觉得刚才的那种经历，以前在什么时候、什么地方好像也有过。我坐在车内，竭力回忆着。根据犬目这个地名，再从"犬"到"猫"这么一联想，立刻就想起来了。

"对啊。不是'犬'，是'猫'呀！猫町！"

我回想起了阅读萩原朔太郎[1]的《猫町》时的感受来。

《猫町》说的是一个习惯于边散步边沉思的诗人迷了路，竟然走入了一个也不知是白日梦还是幻想世界里的猫的小镇。就我的情况而言，自然既不是幻觉也没做什么白日梦，甚至连一只猫也没见着，却不知怎的，总觉得刚才所见的那幅美景"跟那'猫町'很像啊！"。

要说起来，我是在十七八岁时读到《猫町》的，一读之后立刻就深受影响，甚至羡慕起会迷路的人来了。觉得只要迷了路，就能体会到误入"猫町"的感觉。还模仿过那种散步方式。然而，模仿毕竟不是真的迷路，再说我的方向感不坏，所以那样的尝试并不成功。出乎意料的是，事到如今，这事居然实现了。

由于偶然发现的"猫町"，这才让我明白了之前外出旅行时为什么老有一种难以尽兴的感觉。"对呀！就是这个！

---

1. 萩原朔太郎（1886—1942），日本早期象征主义诗人。主张用鲜活的口语来表达坦率的感情，在日本诗坛确立了近代口语自由诗的地位。代表作有《吠月》《青猫》《冰岛》等。《猫町》则是他的一部散文诗风格的小说。

就是这个缘故啊！"我在心中嘟囔着。我就是为了寻求那种光景而在地图上画了无数个圆圈的，可我要找的，也未必非要什么温泉疗养胜地或宿驿地，庶民街区也好哪儿也好，其实都同样能令我满意。

后来，我也曾想重新寻访，并且为了不再顾忌T君，打算一个人独自前往。然而，没有汽车的话也确实不太方便，磨磨蹭蹭地，五六年就这么过去了，不知不觉地，也就把犬目宿这事给忘了。

自称为"相模原[1]无聊男"的T君，还跟以前一样，时不时地会跑来说："太无聊了，上哪儿去逛逛吧。"

由于他一般都是候准我的起床时间，也就是午后才来，所以即便要出行的话也很难跑远路。而就附近而言，仅限于以八王子为起点的周边了，即青梅、五日市、道志、大山等当天能来回的路线。到了八王子，事实上上野原也近在咫尺了，而一想到上野原，我就又想吃久违的酒馒头了。

一次，我坐在车里津津有味地吃着酒馒头，再次劝诱T君道："怎么样？既然都来到这儿了，就再去找一下犬目宿吧。"

我知道T君对于这事不怎么起劲，不过我也清楚，他约我开车出去兜风，目的仅在于跟我在车内随心所欲、不得要

---

1. 相模原，地名，位于日本神奈川县北部。

领地闲聊，所以选定目的地就跟预先说好到了哪儿就返回一样，至于那是个什么地方，其实是无所谓的。

我们的行车路线跟上次一模一样，可是，也不知道是哪里搞错了，这次居然没找到通往犬目宿所在高台的入口，一直开到了一个以前从未见过的小学门口。小学对面有个杂货店，我们在那儿买了醋渍海带，打听了一下道路，老板娘说："犬目的话，不就在上头吗？"

说着她走出店堂，指了指杂货店背后垂直耸立的山崖上方。

"啊！"

我不由得大吃一惊。虽说自己也知道走错道了，可突然被告知犬目宿就在自己的头顶上，还是大大地出乎意料。更何况这山崖下有小学，民居也是很普通的样子，不由得叫人觉得"这种地方怎么会有'猫町'"——不，是"怎么会有犬目宿呢"。

"这样的话，谁还能找得到呢？"

我内心自我安慰道，同时也因崖上崖下交通隔绝，越发觉得犬目宿是孤零零的、神秘的桃花源了。

我正胡思乱想着，不料老板娘又说出了一句出人意表的话来："不过，它早在前些年的大火中化为灰烬了哦。"

据她说，昭和四十五年（1970）的那场大火，已将大半个犬目宿烧没了。如此说来，那场火灾就发生在我们上次来过之后的第二年。我不禁懊悔不已：要是早点来就好了！后仰着身子朝山崖上望去，然而，陡峭的山崖几乎垂直于地面，不要说什么民居了，顶上的情形一点也看不见。

"果然还是'猫町'啊。偶尔闪露一下真容，就不让人看第二次了……"

　　我觉得就这么回去总有些不甘心，心想，即便是大火之余烬，好歹也要看一眼的。再说了，并没有什么能确凿地证明，我所发现的"猫町"就是犬目宿呀，或许它另有所在亦未可知。老板娘指点我们说，要开车上去，就非得先往前开几千米，绕上一个大圈子才行。

　　她所指的方向就是我们来的路再往前走，这儿就这么一条路。山崖如同山脊一般，沿着道路绵延前伸，怎么也找不到上山的入口。折返之处为一火灾遗址这事，已经让T君感到索然无味了，而没有尽头的路程更是令他心烦意乱。

　　"徒步上山的话，应该另有小路的吧。"

　　他的脸上已呈现出了几许不悦之色。他这话似乎在说，在一楼和二楼之间，怎么可能连一架楼梯都没有呢？说来也是，老板娘只是说开车去的话非得绕远路不行，如果是步行，也难保就没有近道。对于T君的不满，我未做任何回应，不过心中暗忖："猫町"要是那么容易找到，不就掉价了吗？

　　跑了大约一小时不到吧，路变得曲折弯绕起来，不知不觉间我们就登上山崖了。汽车的行驶方向也大为改变，刚才的来路正在眼下，我们居然已在往回开了。

　　"哎？这是怎么回事？"

　　T君歪着脑袋，大惑不解。老实说，到底是什么时候转过一百八十度的，我也一点都没察觉到。

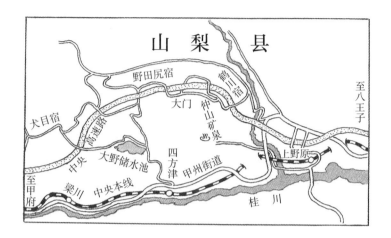

"这一带的地形可真会迷惑人啊！该不是有人故意设置的吧？"

我们相互感叹着。不管怎么说，就这么一直往前走的话，肯定能到达犬目宿吧。对此，我和T君都深信不疑。可是，行驶了没多久，汽车就开上了下坡道。犬目宿在山崖上呀，顺坡而下的话眼见得是不成的。可路就这么一条，别无选择。T君的脸上透出了疲惫之色，我不禁觉得："这地形也太恶作剧了吧！"

结果，还真的就这么一路往下，直到与中央高速道交叉为止。

由于我事先没跟T君讲清楚寻访犬目宿的理由，所以事到如今也只好作罢了。随即，我又觉得："说到底，还是幻想啊。"

虽说这么个结果反倒更符合"猫町"之本性，但总叫人难以释怀。犬目宿与"猫町"是否为同一场所，对此我并未核实过，如果它另有所在，我还是要去寻访的。

《猫町纪行》后记

我记得最初是在侦探小说杂志《宝石》的连载栏目上读到萩原朔太郎的《猫町》。我还因此认定朔太郎就是一位侦探小说作家呢。当时的我十七八岁，正是满脑子侦探小说的年华，尚不知文学与诗为何物。由于当时的《宝石》由江户川乱步[1]担任主编，每期都会介绍文艺作家所创作的悬疑小说，我也因此而被渐渐地领入了文学的大门。我记得通过该杂志，曾阅读过谷崎润一郎[2]的《小小王国》、佐藤春夫[3]的《妈妈》、叶山嘉树[4]的《水泥桶中的信》等作品。很快，我也知道了朔太郎是一位诗人，还买了他的作品《青猫》和

---

1. 江户川乱步（1894—1965），本名平井太郎，日本小说家，被誉为日本"侦探推理小说之父"，也是日本推理"本格派"的创始人。代表作有《两分铜币》《黄金面具》《人间椅子》等。
2. 谷崎润一郎（1886—1965），日本小说家。其作品具有唯美主义和恶魔主义风格。代表作有《春琴抄》《细雪》《阴翳礼赞》等。
3. 佐藤春夫（1892—1964），日本小说家、诗人。代表作有《田园的忧郁》《殉情诗集》等。
4. 叶山嘉树（1894—1945），日本早期无产阶级文学代表作家。著有《水泥桶中的信》《生活在海上的人们》等。

《吠月》（都是文库本的），结果大失所望。那是我第一次接触到"诗"，却完全搞不懂那是个什么玩意儿。

之后，二十年的时光就那么一闪而过了，终于在两年前，又获得了一个重读《猫町》的机会。那是因为某出版社要我写一点关于《猫町》的感想，于是我就读了一遍他们提供的原书的复印件。遗憾的是，读完之后，我毫无感想。就我那疲于奔命的日常生活而言，又哪会对虚无缥缈的"猫町"产生什么共鸣呢？我拒绝了那家出版社，却也因此想起了犬目宿，打算日后以此为题材画点漫画或写点什么。

后来过了许久才明白，我们之所以两次前往犬目宿都迷了路，就是因为没发现顺着山崖的旧道，只在山崖下乱转。原来要走那旧道，须先在上野原下了大道直奔鹤川河滩，然后从那儿上山崖，之后就是野田尻宿、犬目宿了。

鹤川河畔还有个鹤川宿，不过我并未注意到。据说鹤川上帮人渡河的脚夫中，品质恶劣者居多，时常为难行人。被广重[1]盛赞为"绝景"的，估计就是于旧道入口处登高远眺所看到的景色吧。确实，朝犬目宿方向望去，但见群山相连，半山腰云雾缭绕，风景着实不坏。然而，想来古今变化不大的鹤川，只是一条正常水位时宽十四五米，还多处露出河底的小河。若想直接走过河，也未尝办不到，故而居然还会有

---

1. 广重，即安藤广重（1797—1858），又名歌川广重，日本江户时代后期的浮世绘画家，以描绘东海道五十三次的旅宿而闻名。

脚夫偷奸耍滑，反倒是出人意料的。

犬目宿这个古怪的地名，源自其旧称"狗目岭"，想必是取其位置极高而能像狗眼一样远望的意思吧。据说，站在那儿能一直望到房总[1]一带的海面。

那么，古人又为什么要在那么高的地方修筑道路呢？我迷路时走过的，是一条沿着鹤川的支流仲间川的平坦大道。无论是旅行还是谋生，这条道不是更轻松、实用一些吗？莫非古人不满足于定居在较低的位置，活得像背阴处的豆芽似的，而渴望登高远眺，不仅瞭望连绵的群山，还想让万千思绪飞向目力所不及的远方？

我也去过犬目宿前面的猿桥附近的大月，并登上过大月前面的笹子岭的山顶。漫步在古道之上，总能让我展开针对古人日常生活的丰富想象，让我感到趣味无穷。

---

1. 房总，日本旧时安房、上总、下总三国的合称。相当于现在的千叶县全境加茨城县的西南部。

4

旅途照片二

昭和四十四年（1969）八月　岩手县夏油温泉

昭和四十四年（1969）八月　秋田县蒸之汤

昭和四十四年（1969）八月　秋田县蒸之汤

昭和四十五年（1970）四月　爱媛县外泊

昭和四十五年（1970）八月　瀬戸内六島

昭和四十五年（1970）八月　瀬戸内真鍋島

昭和四十五年（1970）九月　青森县下北半岛汤野川温泉

昭和四十五年（1970）九月　青森县下北半岛长后

昭和四十五年（1970）十月　福冈县筱粟灵场红叶瀑布附近

昭和四十五年（1970）十月　大分县国东半岛天念寺

昭和四十六年（1971）三月　长野县善光寺道会田宿

昭和四十六年（1971）三月　长野县青柳宿

昭和四十七年（1972）一月　熊本県峡之汤

昭和四十七年（1972）一月　佐賀県鹿島市浜町

昭和四十八年（1973）五月　福島县汤岐矿泉山形屋旅馆

昭和五十年（1975）三月　宫城县名取市閖上

昭和五十一年（1976）六月　群马县汤宿温泉

5

日川[1] 探胜

　　二十多年前，我曾去山梨县东部地区转悠过。从旧甲州街道的犬目宿、大月到位于深山之中的金山矿泉、桥仓矿泉、初鹿野的驹饲宿和笹子岭，以及道志村等处，全都逛了个遍。中央线上的初鹿野的驹饲宿位于旧甲州街道的笹子岭的上山入口处，那儿的大山之下还留有几所盖着茅草屋顶的旧屋子，娴静而寂然。与该驹饲宿隔着车站相距三四千米的地方，就是田野矿泉的所在地。再由田野往日川上游而去，朝着大菩萨岭的方向往上攀登，便可到达嵯峨盐矿泉。那两个矿泉让人觉得很无聊，所以我当时并未将其放在心上。虽说现在也依然激发不出兴趣来，但为了节省旅费而就近寻幽觅胜，就不仅仅是矿泉，连带着日川溪谷和驹饲宿（为旧地重游）都去探访了一下。

　　田野矿泉与嵯峨盐矿泉之间，有个名叫"木贼"的小村

---

1. 日川，流经山梨县甲府盆地东部的笛吹川的支流。

落。那儿是有民宿的。一开始我想在那儿住宿，但听说嵯峨
盐矿泉已于去年六月开设了露天浴池，考虑到煮热的露天浴
池总比民宿的塑料浴缸更惬意些吧，故而最后还是预定在了
嵯峨盐矿泉。那一带的公交车尚未开通，是旅店派面包车到
初鹿野车站来接的。虽说从车站到旅店的路程还不到十千米，
但那旅店毕竟是位于标高一千二百米的高山上，徒步前往还
是有点勉为其难的，所以决定在下山的时候再漫步览景吧。

　　我和乘坐同一班列车前来的一个小老头一起坐上了旅店
派来的汽车。虽说只花了二十五分钟就到旅店了，可从田野
矿泉再往前的那一段上坡道的坡度很大，几乎就是在半山腰
盘旋而上的。路旁的景色倒是不错，可那路是一条水泥路，
不值得为此而费力攀登，让我觉得幸好没有步行上山。现在，
为了便于车辆通行，所有的道路都重新铺设过了，而对于步
行者来说，只会因无比乏味而备感疲劳。每次出门旅行，我
总觉得为了保有旅途乐趣，反倒是那些贪图便捷的汽车应该
多包涵一点崎岖不平的"坏路"吧。

　　对于旅店的氛围，我原本就并不怎么期待，事实上也确
实如此，就是那种大路货的观光旅店罢了。作为一个位于
一千二百米高山的温泉旅店，一点也不土里土气，但就我的
偏好而言，反倒有些缺憾了。再说这儿也就这么一家面临
日川的旅店，除此之外，既没有人家，也没有可供参观的
名胜。或许是位居上游的缘故吧，溪流也很浅，当然也没

有峭立的断崖。乘车上山的途中，看到了好几道堰堤，恐怕因水流变缓而造成泥沙堆积，溪谷的底部也提高了吧。溪谷一直延伸至大菩萨岭，且几乎呈一直线。但出了旅店，再走十二三千米，就能登上大菩萨岭了。想到这儿，我就觉得自己还真是来到了深山之中，心中也未免新添了几分欣喜。

由于到达旅店时时光尚早，我就去附近散了一会儿步，还戴上了一年前专为郊游而买的圆檐帽。其实我平时没有戴帽子的习惯，所以戴上这帽子后难免有些不自在。然而，将帽子压得很低地悄然走在谷中小径上，倒也有那么几分从前那些"思考型登山家"的味道，不乏新鲜感。我甚至还想到，日后是否该蓄上胡须，叼上烟斗？说到思考型登山家，我就想起了一些写下了许多出色游记的登山家的大名：小岛乌水[1]、木暮理太郎[2]、田部重治[3]、河田桢[4]、大岛亮吉[5]、中村清太郎[6]、

1. 小岛乌水（1873—1948），日本登山家、随笔游记作家、文艺评论家、浮世绘与西洋版画收藏研究者。著有《日本山水论》《日本阿尔卑斯山脉》等。
2. 木暮理太郎（1873—1944），日本登山家，曾任日本山岳会会长，著有《山之回忆》等。
3. 田部重治（1884—1972），日本登山家、英国文学研究者，写有《日本阿尔卑斯与秩父巡礼》等多篇游记。
4. 河田桢（1890—1971），日本登山家、游记作家。主要著作有《一日二日山之旅》《寂静山之旅》《绿色山坡》等。名之"桢"字通常写作"祯"。
5. 大岛亮吉（1899—1928），日本登山家。著有《山》《先踪者》等。
6. 中村清太郎（1888—1967），日本登山家。曾创建日本山岳画协会，并为日本山岳会名誉会员。绘有众多山岳画，著有《山岳渴仰》和《山岳净土》等。

辻一[1]，等等。叫人想不明白的是，为什么今天就出不了他们的后继者呢？是登山已经沦落为单纯消遣的缘故吗？还是因为如今这个时代不适合思考了？正胡思乱想间，有四五辆摩托车与我擦肩而过，直奔大菩萨岭而去，一路撒下恼人的噪声，将我仅有的一点点旅情也搅得荡然无存了。

今年的冬天是个暖冬，在东京，尚未进入四月，樱花就已经开始绽放了，但在这儿，到了四月一日也还是一副冬天景色。尽是些落叶树的山林依旧一片萧瑟。落叶树多的山林到了新绿或红叶的季节，想必会展现出动人的美景吧。而其冬天里的枯槁肃杀之色，也足以令人胆寒。

我戴上耳机，打开了放在口袋里的立体声盒式磁带录音机的开关。身处大自然中，不倾听自然之声而听人工的音乐，那是因为我尽管不想成为飙车一族，却也想要调节心情，所以就将这个小玩意儿带了来。我在年轻时也曾醉心于古典音乐，但成家之后就再也存不住这份闲心了，对于如今流行的"随身听"也毫不关心。口袋里的这套小玩意，是半年前陪儿子去附近的小店买肉包子时抽签中的奖品，是那种在低价商店中卖三四千日元的便宜货。磁带里面也只有维瓦尔第[2]

---

1. 辻一（1913—1975），日本登山家、诗人、画家。以山岳、滑雪题材的绘画而闻名。著有《山之声》《山岳的语言》等。
2. 维瓦尔第（约 1678—1741），意大利作曲家，小提琴演奏家。其音乐创作对巴赫有影响。大协奏曲《四季》是其最著名的作品之一。

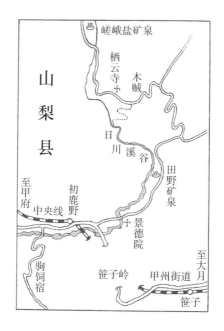

的《四季》这么一首曲子。这虽然是一首家喻户晓的曲子，而我却百听不厌。觉得它非常适宜于旅行。边听边走，我来到了离开旅店大约一千米的一道堰堤上，坐下来，闭上了眼睛，脑海里浮现出小如豆粒的自己行走在山路上的场景，而远处的背景则是高耸的断崖……我想象着背后带有光环的阿弥陀如来[1]正如《来迎图》[2]中所描绘的那样，从峡谷背后的

---

1. 阿弥陀如来，阿弥陀佛的尊称。

2. 《来迎图》，绘有佛和菩萨驾祥云前来迎接死者前往极乐净土景象的佛教画像。起源于中国，传入日本，平安时代后佛教净土宗兴盛，《来迎图》也多表现为阿弥陀佛来迎图。

云层中现身出来……

旅店的露天浴池我一共去泡了两次。从前，露天浴池是位于谷底的，要往下走六十二级台阶才能到达。这在河田桢的《一日二日山之旅》（大正十二年［1923］出版）中有所介绍。可见当时的谷底还是很深的。后来那个露天浴池被洪水冲垮了，也不知过了多少年，才在去年又重新开放了。不过它与一楼的浴室相连，仅仅是处于室外而已，毫无野趣可言。再加上泉水是人工加热的，浴池也很小。

睡觉前，我一个人泡在那里面时，突然下起雨来了。冰冷的雨水落在泡得发烫的身上十分惬意。东京的雨是酸雨，雨滴落入眼中有刺痛感，而这儿的雨滴却不会刺痛眼睛，不由得让人心生感慨：身处山中，果然不同啊。

睡下后，溪流声便径直传到枕边，并且是一种超出实际水量好几倍的动静。我沉浸在山野的氛围之中，不由得又想起了幸田露伴[1]的游记名：《枕头山水》。

第二天早上我一个懒觉睡到了八点半，缩在被窝里抽了一支烟后朝窗外望去，但见浓雾已将所有的景色都遮蔽了。这简直就是个空无一物的"无"的世界，就连溪流之声也仿佛被浓雾死死地压在了谷底，变得十分遥远了。窗户一打开，

---

1. 幸田露伴（1867—1947），日本小说家、评论家、考据学家。本名为幸田成行，别号蜗牛庵。集小说、评论、史传和古典研究等多方面成就于一身。著有小说《风流佛》《五重塔》，历史小说《命运》和评注《芭蕉七部集》等。

浓雾便"呼"的一下涌进屋里，跟浓烟似的；窗户一关上，浓雾就在玻璃外弥漫缭绕，流连忘返。这样的浓雾，我还是头一回看到，禁不住兴致勃发。一想到今天能在如此神秘的浓雾中漫步，内心就欣喜不已。在食堂里吃早饭时，我问服务员："这是雾，还是云？"

他回答说："是雾。一会儿就散去的。"

散了可不行啊！

我匆匆准备了一下立刻就冲出了旅店，果不其然，就这么一眨眼的工夫，浓雾已消失得踪迹全无了。

我走在距离旅店大约一千米处的溪谷右岸，跨过了一座小桥后，就沿着左岸一直往下走去。昨天一起坐面包车上山的那个小老头，今天又坐着旅店的汽车下山去了。另有四五组拖家带口的游客，也开着私家车离开了旅店。来到了大自然之中也不愿用自己的双脚来走几步，这不是太浪费了吗？

昨夜下了点小雨后，路上就多出了许多腌菜石大小的石块。可见尽管铺设了水泥路面，这山中的道路还是相当危险的，告示牌上写道：降雨达二十毫米将禁止通行。路旁还有不少装满沙子的塑料袋，三五袋一堆，随处可见。想来是在冬天路面冻结时，用来防滑的吧。

往下走了三千米左右，就进入那个名叫"木贼"的小村落。在这儿，溪流如同瀑布一般从堰堤上飞流直下，溪谷也在此突然变深，往下望去，深不见底，直叫人头晕目眩。根

海拔一千来米的木贼村落

据 1∶50000 比例尺的地图上的标记，从这个小村落到谷底，落差竟达一百三十来米。而二十来户的人家，就位于这陡峭的山坡上，仿佛随时都会滚落下去似的。每所房子的屋顶上都盖着茅草和白铁皮，显得十分寒酸，周围只有几块桑田，想来也难以成为他们的收入来源吧。其中有五六家民宿，故被称作"天目山民宿村"，但没有可用于耕作的半地，恐怕除了经营民宿，他们也就无其他谋生方式了吧。

然而，这儿的风景绝佳。山坡的前方如全景画卷一般地展开着，对面的大鹿岭、笹子岭等连绵不绝的山峦一览无余，而半山腰间则云雾缭绕，恍若梦境。昨天坐旅店的面包车上山时，到了这一带后，司机用手指了指说能看到富士山。当时不知道具体的方位，慌慌张张地四处打量了一下，匆忙间只瞟到那么一两眼，但也确实领略了它那顶着耀眼白雪的壮美景象。不过今天很不巧，厚厚的云层将它遮蔽得严严实实的。但可以想见，这个标高一千来米，可以从正面观赏富士山的小山村，在游客的眼里，不是人间仙境，也定然是世外桃源。

梅花正盛，黄鹂娇啼，显得相当美味可口的笔头菜也一丛丛地散布在山坡之上。这两三天，正值五月的晴朗天气，朝南山坡暖洋洋的，看着就令人昏昏欲睡。然而，人们或许还在猫冬，到处都看不到人影。我想，兴许这儿还是老年人居多吧。

比道路高出一段的地方，有一座名叫"栖云寺"的小庙。这是个十分质朴的禅寺，建筑已相当破旧了。河田桢曾对它有所记述，说是在大正时代[1]该寺十分萧条，非但没有住持，连梵钟都是系在松树上的。那么现在呢？应该有住持了吧。只见入口处的柱子上，挂着一块"一坪图书馆"[2]的牌子——

---

1. 大正时代（1912—1926），日本大正天皇在位时期，处于明治时代与昭和时代之间。

2. 一坪图书馆，源自山梨县20世纪70年代发起的图书馆普及活动："只要有1坪就能进行读书运动"，利用个人住宅的门口等小空间摆放图书馆书架，提供借阅。选拔了有社会教育经验的人作为馆长，80年代曾大获成功，随着馆长老龄化和主要用户儿童的减少，逐渐趋向没落。

这是山梨县人口过疏的村里所常见的。而其边上，则设置了一台与寺院极不协调的罐装果汁自动售货机。这个小村落里没有商店，就这么一台售货机，要是该寺有住持的话，或可说是其一个小小的副业吧。寺院内有一半的地方已被用作某小学的分校，据说是三年前改造的，校舍尚新。规模很小，就跟寺小屋[1]似的，老师该不是山寺中的和尚吧。不过话又说回来，就这么个二十几户人家的小村落，到底会有几个学生呢？由于眼下正放着春假，校舍里鸦雀无声。

与小村落不期而遇之后，我沿着一条与汽车道大不相同的、十分陡峭的崖间小路一直下到了谷底。从这儿到下游的田野矿泉大约有两千米，其间是连绵不断的龙门峡，景色十分优美。三道瀑布虽小，但飞流直下的气势着实不凡，而怪石嶙峋的荒谷也足以令人猝然屏息。像是从崖壁上开凿出来的羊肠小道，在好几个断崖处仅以圆木搭接，有几处还必须通过梯子攀上攀下，颇有些步步惊心的感觉。或许是适逢旅游淡季的缘故，谷底下除了零星的垂钓者别无他人。一只大如癞蛤蟆的青蛙似乎刚从冬眠中醒来，呆头呆脑地挡住了去路，我禁不住捡起枯树枝跟它戏耍了一番。

穿过阴暗狭窄的山谷，跨过那座名为"龙门桥"的吊桥，就来到了田野矿泉前了。到了这里后，山谷就陡然开阔、平

---

1. 寺小屋，也作寺子屋、寺屋。日本古代僧侣教村中小孩读书、写字、打算盘的地方。

坦了起来，给人一种突然降临下界的感觉。面对着山谷，这儿共有两家旅店。一家名叫"石川馆"，其建筑为明治式样，风格独特。整幢建筑基本上就是个二层楼，却又在其上跟瞭望塔似的加了一小间，也就是说，仅此一小部分是三层楼。然而，白色墙壁上的涂层已开始脱落，斑驳陆离，污秽不堪，简直就跟无人居住的弃屋相仿。另一家名叫"石黑馆"，或许是新翻建的缘故吧，显得平淡无奇，毫无特色可言。这两家旅店全都面朝宽广的道路，周围的景色也乏善可陈。然而，就跟吃腻了山珍海味偶尔尝尝茶泡饭也别具风味一样，在如此乏善可陈的地方任其自然地消磨一段时光或许也有幽微的况味吧。这么一想，我也就觉得田野矿泉倒也不坏了。

由这两家旅店再稍稍往下走一点，就是有着成片的桑田、麦田的田野村庄，景色也越发壮阔了。据说这里曾是武田家覆灭的激战之地，胜赖[1]自行了断后即被埋葬于此，而其墓旁的寺院——景德院也仍在此处。那个破旧的茅草顶山门莫非就是当年的旧物？而殿堂估计是重建的吧，还是一副簇新的模样。寺院前日川河畔的停车场上，立着一块牌子，上面记述着那个悲壮的故事。不过我觉得所谓战国时代的武将，也无非是个政治家而已，就看都不看地打那儿经过了。

---

1. 胜赖，武田胜赖（1546—1582），日本战国、安土时代武将。其父为号称"甲斐之虎"的武田信玄。信玄死后，胜赖在天目山之战中败于织田信长后自杀。

　　从那儿到电车站约有两千米的路程，却走得我无聊又疲惫。车站前也有小客栈似的、陈旧的矿泉旅店。不过四周围着住户人家，毫无一点野趣，眼见得不受欢迎，我自然也就无意在此投宿了。原计划还要去看看车站对面的驹饲宿，但考虑到去那儿得爬很陡的山坡，又决定从相模湖那儿步行回去了，生怕过于劳累，遂告作罢。再说我总觉得近期内还要来一趟天目山的民宿村以及龙门峡，就想到那时候再找机会去。

（平成二年［1990］四月）

破落客栈考

已经是二十来年前的事了。我当时在秋田县五能线 [1] 的八森附近，正沿着与崖道平行的铁轨往前走，发现铁轨旁下方，有个烧炭小屋似的简陋客栈。附近并无人家，四周杂草丛生，应该说这是个十分荒寂的所在，根本不适合开客栈。不过这确实就是我跟人打听来的客栈。我不无诧异地打量了起来。只见它连块招牌也没有，白铁皮房顶朝一边倾斜着，而其一端竟盖在了铁轨那隆起的路基上。也就是说，是铁轨的路基支撑着屋顶。这么个寒酸、破落的客栈，简直叫人不敢相信自己的眼睛。

我过去打了个招呼，讲明自己想要住宿，不料从屋里钻出一个弯腰曲背，穿着扎腿式劳动裤 [2] 的老婆婆一口回绝说，已经客满了。

---

1. 五能线，从东能代站到川部站的铁路线，大部分靠海行驶。
2. 扎腿式劳动裤，日本农村妇女劳动、防寒时穿的宽松式工作裤。其下裤管扎在脚踝处，故名。于"二战"时期普及全日本。

　　我偷眼朝屋里张望了一下，见屋顶低的一侧是土间[1]，高的一侧搭了个阁楼，可登梯而上，估计那儿就是客房了吧。阁楼上拦了一道低矮的扶手，但看样子人在上面一不小心就会摔下来。阁楼上横向较长，大概有十叠大小的样子吧。阁楼下方应该就是老婆婆的起居室了，那儿拉着几块残破的隔扇。

　　说是客满了，可眼见得不像有人居住，应该还是逐客的借口吧。那老婆婆看我的眼神就很怪，一副冷冰冰拒人于千里之外的神态，好像我这种人就不该来这儿似的。我后来十分后悔：当时要是能给这个客栈拍几张照片就好了。老实说，直到现在我仍十分后悔。因为，如此简陋的客栈，前前后后我也只见过那么一次。到底什么样的人才会住这样的客栈呢？就其设施条件而言，是不可能获取营业许可的，应该是属于"地下客栈"那种的吧。我不禁对其顾客展开了想象：穷困潦倒者？流浪者？身患不治之症者？像我这样的神经衰弱者？又或者是罪犯之类不见容于社会之人？

　　从前，四国遍路[2]的线路上有名为"癞[3]道"的秘道。那儿有专供患麻风病的朝拜者住宿的小客栈。还有，同样是在

---

1. 土间，指屋内没铺地板的地方。
2. 四国遍路，四国巡礼的别称，巡拜传闻中1200年前空海大师修行走过的88处寺院灵场，四国是指古代日本的阿波（德岛县）、土佐（高知县）、伊予（爱媛县）、赞岐（香川县）。
3. 癞，指癞病，即麻风病。

四国，有一种名叫"落宿"[1] 的客栈。

这一切，在宫本常一[2] 的著作中都有所记述。

> 起源和现状都不甚明了的客栈，另外还有一些。四国山中的落宿就是其中之一。那是种收留小偷住宿的客栈。小偷也是一种职业。乡下的小偷不专以偷钱为目的。他们潜入富裕人家，主要是偷粮食。而收购他们偷出的粮食的，就是落宿。小偷也住在落宿里。这种客栈大多跟什么都不挨着，就是个孤零零的存在。有那么一些人就辗转投宿于这类客栈中。还有一些穷人趁着黑夜，偷偷地摸进落宿去买粮食。偷东西自然是一种罪恶，却也另有一个默认这种罪恶的世界。因为，受惠于此的人也不在少数。这类客栈在别的地方倒是不怎么听说的。善根宿[3] 多的地方落宿也多，由此可见，在穷人的世界里，自有一些相互关联的社会形态。

> （《日本的客栈》昭和四十年［1965］，社会思想社出版）

---

1. 落宿，主要接待小偷，并为其销赃（主要是米、酱、油等，且廉价卖给穷人）的地下客栈。据说"二战"前日本各地都有，"二战"后四国地区还有少数保留。
2. 宫本常一（1907—1981），日本民俗学家，农村指导者，社会教育家，其遍布日本各地的实地考察留下了庞大的记录。著有《被遗忘的村落》《日本的离岛》《日本民众史》等。
3. 善根宿，给修行者、巡礼者以及穷人免费提供住宿的旅店。

　　我后来才意识到，在八森所看到的客栈，或许就是那种不为常人所认知的，"地下世界"里的客栈吧。

　　我一见到这类贫寒的客栈（倒也未必非到那个客栈的地步），就会产生一种异常强烈的投宿愿望。裹着煎饼被褥[1]躺在那凄凉孤寂的房间里，觉得自己已被世人所抛弃，多么落魄、多么绝望。与此同时，又感到不可言状的安宁。

　　旅行本身，就意味着从世俗关系中摆脱出来——尽管是暂时的，因而能体会到那么一点点的获释之感。然而，从"关系"中摆脱出来，也就意味着作为"关系"之存在的自我的解放。或许我是在"关系"的处理上出了些偏差，平日里总是不堪其烦扰，几乎要喘不过气来。我外出旅行，也正是要将自己从如此苦闷中解脱出来。却又隐隐觉得，我会毫无缘由地为那种能获得片刻安宁的破落客栈所吸引，恰恰说明我所谓的"自我解放"，恐怕也仅仅是"自我否定"而已。也就是说，我想在贫寒的客栈中扮演一个落魄者，把自己当作一个无可救药的失败者来加以否定吧。

　　施蒂纳[2]的大作《唯一者及其所有物》我并未通读过，但请允许我引用其中的一句话：

---

1. 煎饼被褥，指又薄又硬的简陋的被褥。
2. 施蒂纳，即麦克斯·施蒂纳（1806—1856），德国哲学家，"青年黑格尔派"的代表人物，持利己主义自由观。其著作《唯一者及其所有物》，对当时的自由主义思潮发起批判，史称"施蒂纳自由主义批判"。

"绝对的自我否定就是自由。"

这话让我深以为然。我以为，否定欲对自己严加约束的自我，正是自我解放的不二法门。禅宗提倡只有消灭自我才能获得真正的自由。而所谓自由，无非就是自我解放所获得的自由。亲鸾[1]的"恶人正机说"[2]之"恶"的意思，也只有解作自我否定，才能理解他力宗[3]之"放下自己"。

我不善于理性思考，也没什么学问，只凭一己的感觉而已，所以说得不一定对。不过对于自己为什么会喜欢破落客栈，我当初确实是这么认为的。

---

1. 亲鸾（1173—1262），日本镰仓初期的高僧，净土真宗创始人。其厌恶名门寺院，肯定在家修行。为开阐弥陀誓愿广度一切众生的真意，于31岁公然食荤，并娶惠信尼为妻。35岁时遭遇了日本佛教史上最严厉的弹压，最初被判死罪，后改为流放。

2. 恶人正机说，日本佛教净土真宗初祖亲鸾法师的学说。其认为：人本来是罪孽深重的凡夫，救济恶人使其成佛是阿弥陀佛的本愿，恶人只需口念阿弥陀佛即可往生极乐世界。

3. 他力宗，认为必须依靠阿弥陀佛之拯救，也即他力，才能成佛的佛教宗派。如净土宗、净土真宗。

上州汤宿[1] 温泉之旅

　　大概是在十四年前吧，一个很要好的朋友特意跑来告诉我说："重大发现！有一个非常适合你的温泉旅店。"

　　"适合我的？"我反问道。

　　"对！与你的气质一拍即合。"他扬扬得意地答道。

　　"怎么叫适合我呢？"

　　"嗯——怎么说好呢？就是土了吧唧、不为人知、少有人光顾、价格便宜得吓人的那种。"

　　"有溪谷、有露天浴池吗？"

　　"那倒没有。"

　　"有盖着茅草屋顶的房子，还能钓鱼的那种？"

　　"那也没有。"

　　"有打靶店和表演脱衣舞的小屋？"

　　"没有。"

---

1. 汤宿，内设温泉浴池的旅店。

"那到底有什么呢？"

"什么也没有。"

"既然什么也没有，为什么说是适合我的呢？"

"这个很难讲清楚，你去了就知道了。"

听他这么一说，我尽管半信半疑，可还真去了。

我坐上上越线，在水上温泉两站之前一个叫作"后闲"的车站下了车，然后坐上巴士。巴士沿着三国大道笔直地行驶了二十分钟，那个汤宿温泉就在那儿。按照我的理解，所谓汤宿应该就是有温泉涌出的旅店，事实也正是如此，就是个给从前那些上下三国岭的旅人们歇脚的汤宿。

下巴士的地方，是一个位于大道上的小镇，屡屡上演重型卡车呼啸而过的煞风景场面，一点也没有温泉地的闲适情趣。跟人一打听，说是在那成排的住家后面，还有一条与大道平行的旧三国大道，温泉旅店就在那儿。过去一看，见有一条连汽车都没法通过的小路，路两旁仍是成排的住家房屋，不像有什么温泉旅店。不过街市上多少还是有那么一点宿驿地的影子。商店则有衣料店、鱼店、蔬菜水果店等，应有尽有。倾斜、破旧的房屋很多，整体给人以贫民区的感觉。街上没有行人，连太阳光都照不进的狭窄小巷里更是阴森森的，寂静无声。这一切都透着一种沉郁、滞涩的氛围。真是什么也没有。为什么这样的地方就是适合我的呢？

那儿有一家驮果子屋[1]，我过去一看，见里面摆放着切成长条的肉桂[2]，颇具旧时模样。我没想到现在还有这种粗点心，所以吃了一惊，一时间还产生了时光在此小镇上停止了的错觉。跟驮果子屋里的老婆婆打听旅店后，说是这儿共有七家呢。还说年轻人一般是不愿意住在这儿的，去前面的猿京或法师温泉看看如何？她阴郁地嘟囔道："这儿净是些老头老太啊。"

最后，我在一家位于巷尾的客栈里开了个房间。那客栈的二楼走廊上掉了一块地板，一个长方形的空洞就这么敞开着，走在看得见楼下的走廊上，就跟在空中漫步似的，未免有些惴惴不安。带我进入的房间里，榻榻米因一侧出了框而呈倾斜状，让人担心睡在那上面人会不会滚到角落里去。与邻室相隔的隔扇已破烂不堪，根本关不严。我透过缝隙朝那边张望了一下。那边传来了拨动佛珠的声响，还有低低的、念经似的声音。房间的角落里有一个小风炉和滚落着的做饭用具。旁边一大堆破布，小山似的，又像是一个黑影，却在微微蠕动着。仔细一看，才发现是个人。那堆破布，其实是个身穿破衣的老婆婆。那边还飘来了线香的气味。会在客栈

---

1. 驮果子屋（駄菓子屋），日本传统零食店，主要面向儿童出售廉价易保存的零食和便宜玩具。与高级点心"和果子"相对，驮果子是指粗制的庶民点心。
2. 肉桂，用肉桂的细根扎成小捆的粗点心。

注："火の用心"即"小心火烛"

里遭逢念经人和线香，实在是我始料未及的事情。

　　我来到了一个极其无聊的地方，感到十分后悔。难道这儿就没有更好一点的旅店了吗？不，看来别处也都与之半斤八两。去浴池洗澡时，发现那里尽是老人，还是男女混浴。他们全都一声不吭的。说到洗温泉，东北地区的温泉疗养地要活泼得多了，甚至还有唱歌跳舞的。可这儿却没这股子活力。为什么呢？是因为没有可观光、可散步的环境吗？还是因为正值寒冬，故而失去了活力？

夜里睡下后，我也仍在想：为什么说这儿适合我呢？还是百思不得其解。隔壁房间里还在不住地发出呻吟一般的诵经声。

"真吃不消啊！"我不免意气消沉。

到了半夜，巷子里又响起了孤寂的梆子声："小心火烛！嗒——，嗒——。"

心头不由得泛起一股萧瑟、悲凉之感，仿佛自己已走到了旅程的尽头、人生的尽头，落入了绝望的境地。

这些都是十四年前的印象了。如今我又来到了这个汤宿。但不是第二次。其间也来过好多次了。可您要是问我为什么喜欢上这儿来，我也回答不上来。只是忽然想起了这儿，抬腿就来了。也不是每次都会感到寂寥凄苦，但总觉得与我的气质很合得来。飘然而至，无所事事，就在客栈里这么和衣躺着。也不知道为什么，就觉得自己十分适合这么个寒酸、寂寥的房间，并产生一种"或许自己一直就是这样的"感觉。

后来我那个朋友说："怎么样？我说得没错吧？那就是你的存在方式。"

简直莫名其妙。

不过我这次来是为了工作。是时隔六年的旧地重游。过分强调阴暗寂寥之感的话，客栈的人恐怕要骂我了。事实上上越新干线就要开通了，附近会设立上毛高原站，到那时，汤宿也会变样的吧。再说，盐原太助[1]的故居就在后闲站与汤宿之间，附近还有名为"黑岩八景"的名胜——不过知名度有限，不经人指点还真看不出来。

与六年前相比，汤宿没什么变化。六年前，我住在一个名叫"常磐屋"的旅店。我还将此介绍给诗人S先生。S先生的感想是："这也叫温泉旅店吗？简直叫人绝望！"

想来他所得到的印象，也是相当阴暗、凄苦的吧。不过也可能是旅店所提供的伙食太差的缘故。煮红薯片、烤胡萝卜鱼肉饼——也只有躺在碟子底部的那么薄薄一片。这就是晚饭的主要内容了。旅行的魅力，就在于与日常生活稍稍脱离。如果说什么"非日常的"，似乎有点小题大做，但脱离日常的别样感觉也确实是愉悦的。旅店的伙食也必须与日常有所不同，才能让旅客满意。但煮红薯片什么的，档次更在日常生活之下，也难怪招人抱怨了。

不过住宿费十分便宜，才要两千五百日元。还不到通常价格的一半。了解了这一点后，S先生就说："这倒是挺适合我的。"

"哎？"我不禁感到意外，"有人说这儿是适合我的哦。"

听我这么一说，向来以清贫自豪的S先生立刻反驳道：

---

1. 盐原太助（1743—1816），日本江户时代的富商。白手起家，因发明了炭团（一种木炭粉加海藻制成的燃料）而发财，热心公益，深受庶民喜爱。后因其事迹被编入落语、歌舞伎而广为人知。

"不。绝对是适合我的。一晚上两千五百日元的话，一个月也只要七万五千日元。这不是比在东京租公寓住还便宜吗？"

他越说越兴奋。

"我不回去了，就在这儿长住下去了。"

住宿费便宜这事，似乎一下子就让S先生爱上了汤宿。他十分高兴，还说什么这儿与穷人十分般配，穷人住在这儿心灵能得到安慰，汤宿的温泉是治穷病的特效药，等等。正因为这样，S先生才坚称这儿是适合他的。要是这样的话，我也不用去考虑朋友说的什么复杂的"存在方式"，他所谓的"适合我"也就是这个意思了吧。

汤宿的价格之所以便宜，似乎是因为这儿不适合于观光客。哪个旅店都十分便宜，哪个旅店都让人住着十分安心。我这次住的是汤宿之鼻祖，也是最大的一家汤宿，名为"汤本馆"。

这家旅店的圆形大浴池非常有名，不过是男女混浴的。其实也有女性专用的浴池，却不知为什么，那边反倒是空荡荡的，没人光顾。好像女客也全都来混浴的浴池了。混浴多少有些让我望而却步，于是就打听了一下有没有男性专用的浴池。得到的回答是："没有。"说是即便有，女客也一定会侵入的，所以没设。没办法，我只得去巷子里的共同浴场[1]洗

---

1. 共同浴场，温泉地居民自运营的大众浴场。

澡了。共同浴场是给当地人洗澡的，所以严禁男女混浴。由于本地温泉的水量丰富，共有四个公共浴场，并且都是朴素的木结构建筑，让人看着非常舒服。

然而，"汤本馆"却令我十分失望。因为，即便是一个人待在房间里，我也不觉得孤寂。我来这儿是要重温一下往昔的那种落魄之感，并好好地长吁短叹一番的。结果却丝毫也没有那种孤单、寂寥、无望的感觉。或许是"汤本馆"太大的缘故吧。看来，既然来到了汤宿，还得住那种简陋的小旅店啊。还有一个原因：我这次来，腰包鼓鼓的（带足了采访费用呢），自然不会有什么走投无路的落魄之感了。

养老¹（年金²）矿泉

由于我时不时地说些要遁世深山啦、隐居乡间啦之类的话，弄得家里人惴惴不安，生怕殃及池鱼。不过近来他们已经不怎么理我这话茬了，使出了"要去你就一个人去好了"的冷招。我自己也做了反省，稍稍收敛了一点不切实际的空想和不见容于常人的怪癖，开始以积极的心态，从现实出发，规划起今后的生活来。

毫无疑问，我今后肯定是要靠年金生活的。可问题是，仅靠年金，是没法生活的。就算自己想要节俭度日，可身居大都市，消费氛围如此炽烈，不经意间就已经产生了许多支出，还能怎么节俭呢？要是住在农村，那可就大不一样了。那儿没有可供消费的商店，衣着破旧一点人们也不以为怪。烧洗澡水和做饭都用木柴，耕种一小块田地，采集一些野

1. 养老，地名，位于千叶县养老溪谷。
2. 年金，日本式的养老金，分公私两种，前者是指国民年金，也称为基础年金，后者是指企业年金和个人年金。

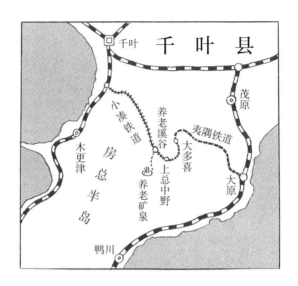

菜，养几只母鸡来下蛋……如此这般，多少有些能想想办法的余地，至少生活中的一小部分能做到自给自足，再加上年金，不就能把日子对付着过下去了吗？——近来我开始很认真、很现实地这么考虑起来。然而，家里人却一眼就看穿了我的逃避心态，以及老想着离群索居的劣根性，一点也不为所动。

就我的偏好而言，是想住在山川容貌变化多端的山梨县的，但考虑到上年纪后，冬天里或许会吃不消，又想到如果要耕种的话，或许气候温暖、土地肥沃的千叶县更为切实可行吧。那儿靠近大海的一侧正在大力开发休闲旅游区，显然是没法居住的，稍稍靠里边一点的大多喜一带应该可以吧。我自然而然地联想起了那儿的一个乡下小镇。养老矿泉也就在大多喜附近。虽说我还从未去过，可刹那间脑海中已闪过了自己落户于矿泉区附近，在自己家里烧矿泉水洗澡的动人场景。

于是，我在一个樱花盛开的时节，去了一趟养老矿泉。在一个寒酸的小车站下了电车，我便朝外走去，一边走，一边心里还寻思着：要在"养老"这地方靠年金生活，那就不是"老龄年金"，而是"养老年金"了吧。[1]

从车站到矿泉区步行二三十分钟的路程。也有直达那儿的巴士，可我还是在车站旁跨过道口，决定步行前往。大概的方位我是清楚的，但遇到人后，我还是打听了一下。结果人家说巴士不走这条道，是从更前面一点的地方穿过铁道的。我刚要转身往回走，对方却又告诉我说这是一条近道。

我沿着一条舒缓的下坡道往下走了三百来米后，就来到了养老溪谷的大铁桥上。我是十分喜欢溪流的，每次遇见溪流总是百看不厌。然而，这儿的溪流不是那种有啮啮顽石之势的激流，很浅，水流很小，跟人工运河似的。再说，谷底也十分平坦，连一块岩石也没有。这种毫无生气的溪流倒也

---

1. 日本的年金制度分为三个主要支付项目：老龄年金、人身伤害年金、遗属年金。此处是作者在玩文字游戏，把"老龄"年金换成了此地的地名"养老"年金。

明治资料馆

十分少见。

　　过了铁桥，见河边孤零零地有一户农家，还挂着一块"明治资料馆"的招牌。看来走错了道，反倒有了意外收获呢。不过，当时我急着先要将旅店确定下来，就过门不入了。走上一小段上坡道后，便可从右手边俯瞰一个有着十来户人家的小村落，还能看到村旁不知是池塘还是沼泽的一部分。在这么个阴暗的沼泽边，跟癞蛤蟆似的栖息着倒也不错啊。——我的内心立刻就开始朝乖僻古怪一侧倾斜了。不过这一带的山崖多少还有些起伏，风景确实不错。

　　从资料馆那儿离开河流，上坡下坡地走了一千米左右的林间小道后，又来到了河边，有一座还相当新的西洋风的民宿，附近聚集着一些人家。穿过住宅间的小巷，就来到了由车站延伸而来的宽阔的巴士大道了。那儿就是矿泉区，有个很大的割烹风格的旅店，以及两栋四五层楼的酒店。周围的景色相当别致，还架有旅游景点常见的那种红色的太鼓桥。我原以为千叶县的矿泉区多少有些土里土气，没想到竟有如此气派的酒店，不由得暗暗吃惊。溪流也只在该矿泉区中心位置露一下脸，马上就来了个急拐弯消失不见，仅留下巴士大道那么煞风景地横躺着。溪流潺潺原本十分难得，可旅店都离得远远的，没一个能凭窗下眺，真是太浪费了。或许正赶上淡季吧，街市上看不到一个人影。沿着巴士大道稍稍往前走一点，发现简陋的住宅群中还散落着三四家客栈，但都是公寓式的简易建筑，且都直愣愣地戳在大道旁，毫无韵致可言。

　　这些旅店我一个都不想住，只得略感败兴地沿着这条唯一的大道继续往前走。忽然，我看到有个人在道旁弯着腰，也不知在做什么，可这儿已到市镇尽头了，我不由得跟那人打听了一下："前面还有旅店吗？"

　　"稍稍往前，然后右拐，那儿还有一家。很近。"

　　那人还告诉我说，那可真是最后一家了。

　　这条往右拐的道路，很快就进入了跟一堵墙似的挡在眼前的山崖的涵洞之中。钻过七八十米长的涵洞，出来就是溪谷了。刚才那条在酒店跟前消失了的溪流，却在此山崖背后流淌着，怪不得走在巴士大道上一点都看不到呢。连绵不断的山崖看似重峦叠嶂，其实相当淡薄，简直就跟屏风似的立着，所以我一钻出涵洞，就差点产生了来到风景画背后的错觉。这个从正面无法洞见的内侧，其实是个狭窄的山谷，涵洞出口处架着一座桥，桥堍旁的山坡上有一家小客栈，孤零零的，四周并无人家。我驻足桥上，眺望着寂静的山谷，发现这儿倒是个出人意料的别样世界。破旧的小客栈也合我所好，与周围的景色融为一体。

所幸的是客栈尚有空房。踩着咯吱咯吱的楼梯，我被领入了二楼靠里侧的一个房间。这家客栈的外墙虽然被涂成了白色，可屋里仍保留着从前那种矿泉旅店的风格，令人不胜留恋。喝过茶，稍稍歇了一口气，我就觉得内心十分安泰、平静，仿佛自己已在这里住了好多天，完全适应了这里的环境。因为我一向觉得旅行印象的好坏，一半是由旅店决定的，所以很为自己这次能入住这家朴素的客栈而欣喜。同时也觉得，要是没能发现这家客栈和山崖背后的这个寂静的山谷，那么这趟养老矿泉之旅所留给我的印象恐怕就相当乏味了。

投宿在这里的客人，除了我之外只有一对年轻夫妇。他们皮肤黝黑，像是渔民，相当朴实，正穿着和式棉袍闲坐在走廊上。

这儿的浴室尽管比较小，却是在山崖上掏出来的洞窟。

蒸汽很浓，看不清里边的状况，而手感十分柔滑的咖啡色浴汤已经溢出了浴池。据为人十分爽快的老板娘说，虽说这儿是矿泉不是温泉，但由于有取之不尽用之不竭的天然气，可以昼夜不停地加热浴汤，客人无论什么时候来都能洗上澡。近来，几乎所有的温泉浴场都用上了白色瓷砖，显得异常亮堂，而这么个阴暗的地窖式浴室也非常合我心意。我一边洗澡一边胡思乱想：既然天然气无穷无尽，让它不停地燃烧着，不就能搞个露天浴池了吗？要是自己在这里落户，即便挖不出矿泉，可只要引来溪水，不也能搞成露天浴池吗？要不，所谓的天然气也是由燃气公司提供，是要花了钱才能用的？

晚饭时上了我非常喜欢的串烤鳗鱼。旅店提供的伙食中居然有串烤鳗鱼，这又是一件十分稀罕之事。

第二天早晨，我悠悠然地走出了客栈。客栈的对岸，有一条朝着下游延伸而去的步行小道。我沿着该小道稍稍往前走了一段，就看到一家像是由于没生意而歇业了的简陋小店，屋檐下还挂着一排褪了色的灯笼呢。再往前走十来米，有一所无人居住的小屋。在这个山谷中，家居住宅也就只此一家。这个空屋子像是就要被拆除了，拉门、玻璃窗都已没了，一眼就能看到屋里面。有两个六叠大小的房间、一个三叠大小的厨房，还有一个用白铁皮围起来的浴室。估计原先是什么人的别墅或养老之所吧。既然被废弃在这儿了，说不

隧道后面的养老溪谷

定是能弄到手的——我不禁动起了在此居住的念头来。虽说没有可供耕种的田地，但窗下有溪流，屋后有山崖，风景如此之美，也足以令我动心了。

　　我刚来到资料馆附近时，还因这一带的山川缺乏变化而感到不满呢，可这会儿，我已经连带着那个寒酸的客栈一起，喜欢上了这个山谷。置身于树梢、树叶乃至空气都纹丝不动的寂静之中，侧耳静听山溪那微弱的潺潺之声，不由得叫人觉得倘若这是一条水声滔滔的激流反倒司空见惯，平淡无奇了。而毫无活力，毫无刺激，从另一个角度来看，便是幽深绵长，奥妙无穷。看来这里果然适合老年人，"养老"

之名也是名副其实的。这股子沉郁寡淡，与年金生活确实十分般配。

由空屋子再往前略走几步，步行道也就到头了。河中有几块踏步石，可由此走到对岸去。而再往前，似乎就是该溪谷中的名胜之一"弘文洞"了。但是，踏步石上堆积了不少枯枝败叶和垃圾，已没法通行了。又听说那弘文洞原本是由山崖风化形成的巨大洞窟，现在因暴雨的缘故而崩塌了。

原路返回后，见桥那儿有一条小道离开河流，朝山中的村子方向延伸而去。途中像是也有几个涵洞，我倒也想去那边看一看，可看了这个山谷后已经感到很满意了，于是就沿着昨天的来路往回走，去明治资料馆逛了一下。

这个在茅草屋顶上加盖了白铁皮的资料馆，我原以为是公营的，其实是私营的。仅在农家土间的一个角落里，与其说是陈列，倒不如说是杂乱地堆放着一些从前的生活用具而已，并且已积了一层厚厚的灰尘。这个资料馆像是由一对老夫妇经营着。我付了一点点费用之后，那个又矮又胖的老爷子就递给我一盏点着蜡烛的竹筒做的马灯，说是附近的山崖上有许多洞窟，这盏马灯就是用来去里面探险的。

不一会儿，又来了一个身背双肩包的姑娘，跟我简直是前后脚。她说是来调查养老川整个流域的，问了老爷子许多关于这条河流的情况，可得到的答复却少得可怜。不过看得出来，这倒不是老爷子不爱搭理人家，而是他原本就是个不爱说话的闷葫芦。那姑娘也不知是学生，还是个搞游记创作的。听说近来徒步旅行十分盛行，冒出了许多业余投稿人。这姑娘兴许就属于这一类吧。只见她不停地拍着照片。眼下正是适合年轻姑娘尽情享乐的时节，我也对其颇怀好感。

　　资料馆的河岸旁，有个直径七八米的小岛，像一个倒扣在那儿的碗。我走过估计是老爷子自己搭的小木桥后，就看到那小岛上还开着一个蜂巢似的小窗。我提溜着马灯从那窗口钻进去一看，见小岛内部居然是呈海螺状的。这显然不是自然形成的，明摆着是人工挖出来的。小岛旁的山崖上，也有个像是人工挖出来的涵洞，弯着腰倒也能走进去。钻过这个三十来米长的涵洞，就来到了山崖背后。那儿流淌着一条

养老矿泉 川之家

一步就能跨过去的小溪。老爷子曾说涵洞后面是个好地方，可我举目四望，什么也没有啊。那个姑娘后来也来了，站在小溪汇入养老川的地方四处眺望着。我则坐在稍远处的石头上自顾抽烟。

这个山崖背后的空地，像一条狭窄的死胡同，顶多只能建一两间房子。小溪往前流淌了三十来米，就被茂密的杂草、灌木丛遮蔽住，再往前，就钻入自然形成的暗渠之中了。溪水清冽，像是能直接饮用。可我就是不明白，为什么那老爷子说这儿是个好地方呢？不钻过涵洞，谁都不会来到这条细如缝隙的小溪旁。就这么个完全与外界隔绝的所在，干吗特意挖一个涵洞呢？莫非那个老爷子有喜爱密闭空间或洞窟的癖好？说到这个，其实我也有着类似的倾向，所以重新打量一番四周之后，果然觉得这儿竟是独居的最佳场所。

返回原地，想要归还马灯的时候，发现那老爷子并不在主屋旁另建的、用作售票处的小屋内，仅从主屋那边传来了他的喊声，说是："喝杯茶吧。"

小屋里的长凳上摆放着梅干、藠头和茶具等。我津津有味地吃了十来个像是自家腌制的藠头，心里却觉得这老爷子的经营方式有些古怪。他不仅收集旧器具，在附近的山崖上挖了不少洞窟（怎么看都像是他挖的），还手工制作了这一带的木桥、长凳、休息处，甚至自制了梅干、藠头。我不禁为之好奇：这个性格内向、沉默寡言的老头，究竟是个什么样的人呢？

"多谢了！"

我道了一声谢后站起身来，不料也不知从哪儿又传来了老爷子的声音："去桥对面看一下'裤裆观音'吧。"

"裤裆观音"这几个字听着有点耳生。朝车站方向走去，过了昨天走过的那座铁桥后，马上就看到了一个盖着茅草屋顶的小屋。里面放着两副脚踏式的舂米用具，想必这也是陈列物吧。就在那旁边，有个"裤裆观音"的小庙。我朝里面张望了一下，见靠墙立着好几根人体模样的树杈，一块木板上用极其拙劣的手法雕刻着三个叉开两腿的女人身体的浮雕，还有一个印刷着裸照的白铁皮盆。有些树杈的两腿间还穿着短裤，看得我苦笑连连。

这么一块地方并不大，却跟庭院式盆景似的，挤入了不少景观：小溪、山崖、涵洞……尤其是这些涵洞，似乎都是人工挖出来的，虽说这儿的土中含沙，还算松软，可要花上多少年才能挖这么多啊！到底是出于兴趣爱好，还是为了改善生活呢？不免令人望之诧异。由于马灯已经还掉，不能全都看一遍，于是我就挑了其中的一个，借助打火机的亮光钻进去看了看。或许是刚看过"裤裆观音"的缘故，心里觉得怪怪的，像是钻进了裤裆似的。同时也没忘揣摩了一下老爷子不断往"裤裆"深处挖着黑咕隆咚的涵洞时的心态。

从相当长的迷宫一般的涵洞里钻出来一看，附近又有一

令人有哀愁之感的孤身旅行者背影

所盖着稻草屋顶的小屋，还有一口自流井。小屋内部极其简陋，有一个铺着草席的八叠大小的起居室，以及一个同样大小的土间。土间的角落里有一眼土灶，但没有厕所和浴室。读了一下介绍牌，才知道这就是江户时代最底层的民居。德川幕府设置了极其严苛、极不合理的身份制度。所谓最底层的民居，莫非就是身份尚在士农工商之下，遭受歧视的贱民所居住的小屋？介绍牌上写道，在当时，这种小屋的面积、房间布局、窗户的位置和大小，甚至所用木材的种类，都是受到严格限制的。

离我家骑自行车大约三十分钟的地方，有个"川崎民家园"。那里集中了全国各地民居的仿造建筑，其中也有江户时代的民居，但不知为什么，却没有这种最底层的。那么，老爷子在这儿将其复原，又是出于何种意图呢？是否在传达着某种怨念？是否与那欲藏入洞窟迷宫之老爷子内心深处的什么东西息息相关呢？——我又胡思乱想了起来。

我沿着昨天走错了道的那处缓坡朝车站方向走去，扭头回望了一下资料馆，不禁为老爷子那别具一格的经营理念而大感叹服。尽管他这么做赚不了什么大钱，但加上年金的话这日子倒也对付得过去了。考虑到这一点，我不觉心生羡念。虽说之前我也考虑过多种乡村生活，却觉得这个老爷子的养老方式（尽管不知道他有什么实际情况）是最理想的。

（昭和六十三年［1988］四月）

丹泽[1]的矿泉

　　"对于眼下的生活就别再指望什么了，还是去开个矿泉旅舍吧。"或许我就是个不肯轻易死心的人吧，最近我又捡起这个荒唐的念头来了。

　　那些提供热汤的温泉旅舍，现在正大行其道，要想买下来似乎不大可能。再说也正因为其势头过旺，已被搞得花里胡哨，面目全非，毫无魅力可言了。而矿泉旅舍呢，由于矿泉的出水量较小，又需要烧火加热，而为了节省燃料，浴池也都比较小，显得吝啬、寒酸。这种旅舍都有些土里土气，往往一个地方只有一家，顶多也只有两三家，其中还有些是连地图上都没标出，只有当地人才知道的。老板也通常要干些农活。总之，矿泉旅舍颇有些屈居二流的味道，一点也没有要火的迹象。二流的东西往往会在时代变迁中销声匿迹，

---

1. 丹泽山地的简称。位于日本神奈川县西北部。多山脉，有许多深谷、瀑布。

寒酸的矿泉旅舍想来也难逃厄运吧。因经营者老去、生病、死亡后无人接班而废弃的实例似乎不在少数。

如此说来，要是将现在居住的房子（其实也就是住宅小区里的一个小房间而已）卖掉的话，应该可以在偏僻地方买个小矿泉旅舍了吧。既然是在偏僻地方，估计也很少有客人上门，但只要能勉强糊口也就够了，再说也正好落个清闲……我就是这么寻思的。

我有个怪脾气，那就是不甘心让自己喜欢的事情停留在兴趣爱好的层面。譬如说，我喜欢旅行，于是就想做个旅行家；我喜欢散步，于是就想成为散步家。但是，旅行家也好，散步家也罢，都是毫无经济收益的，但这次的矿泉旅舍不同，好歹算是落到实处了。

其实我以前也考虑过开矿泉旅舍的事情，还盯上了山梨县上野原的鹤矿泉、金子矿泉和仲山矿泉。金子和仲山都没打通电话，于是就打电话到村公所去问了一下情况。对方说是也不太清楚，不是歇业就是倒闭了，还说矿泉旅舍一般都只是有个老婆婆维持着，保不准已经死了亦未可知。还有一家鹤矿泉，打电话过去后，说是屋顶都被台风掀掉了，泥沙埋了半截屋子，根本没法收拾，再说也没钱整治，恐怕是没法东山再起了。听那声音，似乎也是个老婆婆。在那之后，我磨磨蹭蹭的，过了两年才去了一趟鹤矿泉。不料到那儿一看，发现它居然东山再起了。不仅如此，尽管该旅舍破旧不

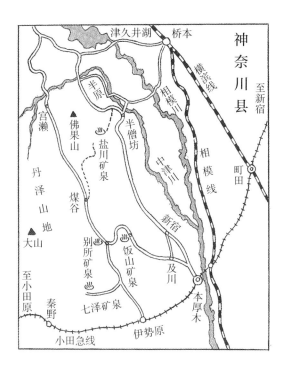

堪，居然还客满了。说是正赶上徒步旅行的热潮，而这个矿泉前面的大地岭正处在徒步旅行的线路上，故而前来投宿的背包族很多，旅舍才没有倒闭。金子矿泉和仲山矿泉那边我没去看过，不知道情况怎样。

　　我这个人容易为情绪所左右，做事有点朝三暮四，心血来潮，开矿泉旅舍的事情后来也就那么撂下了。不过最近又死灰复燃了。死灰复燃的契机是，由于想去附近做短途旅行而打开了神奈川丹泽的地图。那地图的背面，印着散布于丹泽山脚下的矿泉旅舍的介绍，却标明半原的盐川矿泉已经停业了。我早就听说在丹泽有盐川和别所这么两处寒酸的旅舍地，本打算投宿在其中的某一家，现在看到盐川的矿泉旅舍停业了，反倒引起了我的注意。那儿唯一的一家旅舍名叫"泷之家"，而经营者的名字是个女性名，于是我就不免妄加猜测，以为她也是个老婆婆，并且是由于年龄太大了旅舍才停业的。考虑到既然停业了，电话自然也就打不通了，所以我就给那儿的村公所拨了个电话。结果得知那旅舍确实在一年前就停业了，不过最近换了个老板又重新开张了。老实说，丹泽这个地方不错，离我家也很近，可我居然不知道那里有矿泉旅舍停业了。所以当我听说什么换了老板又开张，就好像错过了一个捡漏的机会，觉得十分憋屈。而那堆早就"死"了的想开矿泉旅舍的冷灰，也就"呼——"的一下子复燃了。

那么，到底是谁接手了盐川那么个冷落地方的矿泉旅舍呢？又是出了多少钱才盘下来的呢？尽管人家早就重新开张，已经没我什么事了，可我还是抑制不住好奇心，于是就去丹泽看了一下，也算是为今后留个参考吧。

我乘坐小田急线的电车在本厚木下了车，然后再换乘前往宫濑的巴士。这趟巴士其实并不前往盐川方向，而是前往半原方向的，只因我想先去看看另一个偏僻的矿泉——别所矿泉，才这么决定的。巴士开出了才二十来分钟，丹泽山的山峦就迎面压了过来。巴士上的乘客都在别所稍前一点的饭山矿泉下了车。饭山这儿共有五六家旅店，不算太偏僻。巴士继续上路，绕过山腰，开出了十来分钟后，就来到了正好与饭山相隔一座山的，位于山背后的别所。

下了巴士，见车站附近有一家卖酒的商店、一家食品店，全都面对着一条通往宫濑的大道。大道的另一侧是悬崖，小鲇川就在那悬崖下面流淌着，但被树木覆盖得严严实实的，一点都看不到。面朝大道的人家只有六七户，显得颇为萧条。两家商店之间有一条小胡同，不过这是一条死胡同，由此往里走一百来米就碰到山体了。这个村子总共也只有二十来户人家。可由于离大城市厚木很近，所以并不土气。就在比这些人家低一段的山溪尽头处，有两家旅舍颇为紧密地并立着。那就是元汤旅馆和溪间屋。那条山溪宽一米左右，溪水十分清澈，只是看着跟水沟似的，毫无灵趣可言。这两家旅舍被人家包围着，景色相当乏味。元汤旅馆是经过改造的，而溪间屋则完全就是个乡下客栈。由于它们都比大道低了一段，可以透过其二楼的窗户看到里面的客房——榻榻米都歪斜了。朝其对面的窗户望去，但见竹林茂密，几乎要盖住房屋了，且竹子上满是蜘蛛网。其斜对面，则是一片坟场。简直荒寂得叫人受不了。饭山矿泉和七泽矿泉就在附近，估计没什么客人会来如此萧索的旅店投宿吧。可是，我就偏偏被这种阴暗、惨淡、寒酸所吸引，高兴得像是发现了一个洞天福地。这简直就是灰心丧气时可跑来长吁短叹一番的绝佳

偏僻的别所矿泉　溪间屋

场所啊！其实，我一开始想到要开旅舍那会儿，就想着要开一家这模样的。

　　我改变了前往盐川矿泉的原定计划，想要住在这儿，却被告知"今天暂停营业"。看到有汽车跟搬家似的运来了一些大个的物件，像是正在鼓捣着什么。

　　要从别所这儿走着去盐川，就得翻越佛果山、经岳山脊。而坐巴士的话，则要先回到电车站，再沿着山路绕进去。或者一直坐到宫濑再绕进去。走这条路线的话，一路上还能顺带着看一下有名的中津溪谷的风景，因此，我就乘坐了去宫濑的巴士。巴士沿着上山的坡道往大山深处行驶着。

我内心期待着，位于山谷中的宫濑是否也有一些贫寒的小村子呢？那是因为，除了开矿泉旅舍之外，我还有个古怪的想法：躲在深山里，孤独度日。因此想顺带着看一下丹泽深山里的状况。三十分钟后，巴士就到达终点了。

那儿有个用于俯瞰溪谷的高台——那溪谷深不可测，望之令人目眩。还排列着新建的西洋风的民宿，用圆木建成的饭店、咖啡馆等，相当洋气。一旁还停着几百辆摩托车，到处都是年轻人。看得我目瞪口呆。

"劳驾，请问这儿就是宫濑吗？附近有村子吗？"我跟巴士的司机打听道。

"在修水库呢，村里人全都搬走了。就连这一带，再过几年也要沉入水库之中了。"司机说道。

"那，这么个深山里，有这么多热闹的商店，又是怎么回事呢？"

"水库建成后，这儿正好是瞭望台啊。今后还要发展呢。"

司机颇为得意地说道，还说从这儿去盐川矿泉的，沿着中津溪谷的道路，也因为施工的关系，禁止通行了。

这种地方我可一刻也不想待，于是就坐巴士原路返回了。

黄昏时分，我又回到了别所。倘若从这儿绕到电车站再去盐川的话，估计天就全黑了，由于没事先预订，要是到了那儿没地方住可就不好办了。可是别所的元汤旅馆又不能令我满意，所以想去附近的七泽矿泉看看。然而，在食品店打听去七泽的道路时，人家说有四五千米路呢，还不通公交车，走夜路去是不行的。没办法，我只好去了饭山。

饭山矿泉就在相传为行基菩萨[1]所开创的古刹——饭山观音殿的大门前。有五六家旅舍，但分得很散，黑灯瞎火的，费了好大的工夫才确定了住所，结果还是住进了一家相当乏味的矿泉旅舍。不过这家旅舍到底有没有矿泉涌出还颇为可疑。价格也不便宜，一番讨价还价之后，还是支付了一万日元。简直叫人气不打一处来。直到第二天早上，我去参拜观音菩萨时，心里也还是气鼓鼓的。

考虑到坐巴士兜个大圈子去盐川矿泉比较无聊，我就想到可以从较低的山脊"尾巴"处翻山过去。于是我就走到及川，在那儿翻过了已经平缓许多的山脊。我原本是很喜欢悠闲散步的，但这条路上却不时有翻斗车急驶而过，大煞风景，结果我也只得快步急走，真是应了那句"欲速则不达"的老话，还把自己搞得疲惫不堪。来到了一个叫作"新宿"的地方后，我在那儿吃了一碗拉面。面店的对面有一家旧书店，我也进去看了一下。在人生地不熟的市镇上逛商店，一种人在旅途的感觉便会油然而生。

---

1. 行基（668—749），日本奈良时代的高僧，对东大寺的建造等社会事业贡献巨大，架桥、筑堤、教化民众，被称为行基菩萨。

坐上由新宿开往半原的巴士，二十来分钟后我就在半僧坊前下了车。而从本厚木电车站那儿过来的话，就需要三十五分钟。在半僧坊前，我来到了中津川河畔。不过桥左拐，沿着河边的道路走上一千米左右，就到了盐川矿泉。这一带没有人家，像是翻斗车专用道的那条煞风景的道路却仍在延伸着。山坡前下到河滩处，只见细细的溪流正注入中津川。沿着溪流往里走四百米左右，就是盐川矿泉了。可令人讨厌的是，宽敞的河滩上有无数只乌鸦在上下翻飞，并发出令人毛骨悚然的叫声。垃圾扔得到处都是，真是一派荒凉景象。原来所谓的名胜中津溪谷还在更上游处，这儿的溪流很浅，徒步便可走到对岸去。河滩一角上有个新建的、风格明快的西式旅馆。旅馆周围挂满了写着"野猪肉料理"的旗帜，真是通俗到了可怕的地步。从那儿再往溪流方向深入一百来米处，还有一家旅店。我记得"泷之家"是当地独一家的旅舍，可在这个如此煞风景的地方却诞生了两家旅店，让我看着心生诧异。

第二家旅店的前方，就是峡谷了。那峡谷也真是狭窄得可以，就跟山体裂开了一条缝似的。再往前深入一百米左右，就是我要找的那个"泷之家"了——它是建在山崖上的。多么寒碜的旅舍啊，或许是夹在峡谷之间的缘故吧，比起别所的溪间屋更叫人平添几分寂寥之感。见此情景，我不由得心怦怦直跳。可是，店里好像没人。打了招呼也没人应声。玄

盐川矿泉　泷之家

盐川矿泉　别栋之温泉浴室

关也好边门也好，全都上着锁呢。檐廊外停着一辆摩托车，摆放着圆桌和椅子，桌上还放着烟灰缸。看来不像是歇业了，估计是店主人临时走开了吧。我坐在椅子上休息了一会儿，觉得老这么干等着也不是个事儿，就朝溪流的上游方向走去了，那儿有瀑布。

溪流宽约两米，水深十厘米左右。沿着溪流往里走，峡谷越来越窄，也越来越暗了。这天是个大晴天，可阳光就是照不进来。走了一百来米后，见溪流旁有一所小屋，估计是这家旅舍的别栋吧。透过玻璃窗朝屋里张望了一下，见里面放着一张大沙发和一些家具，相当凌乱。我不禁心想，我要是成了这儿的主人，把这儿用作书房或别墅什么的，可真是没话说了。一根胶皮管从小屋里伸出来，正"突突"地朝溪流中喷水。莫非那矿泉的泉源就在这小屋里？再看屋顶上还竖着老式的H形烟囱，想来矿泉就是在这儿被加热的吧。

从小屋这儿再往前走一百来米，有个一丈见方的小庙。听人说从前良弁[1]和尚曾在此峡谷中修行过，估计这小庙也与他有关吧。旁边还有一间已经废弃的小屋，像是马上就要垮塌了，一多半已埋在了草里。这一带怎么看也不像是能住人的地方，到底有谁会来呢？附近没有商店，也没有可供耕种的土地，没法过日子呀。再说连太阳光都晒不到，明摆着是

---

1. 良弁（689—773），日本奈良时代的僧人。日本华严宗的第二代祖。对修建东大寺有贡献，曾任该寺初代别当。

曾经想住的盐川矿泉深处之无人堂

不利于健康的。我心想，若不是对自己的人生灰心丧气到自暴自弃的地步，是无论如何也不会住到这里来的吧。

分开泥泞潮湿的小道上的野草，再往前走上一百来米，溪流也就到头了，而一道瀑布就在眼前飞流直下。该瀑布的落差才十五米左右，水量也很小。由于它三面都被陡峭的石壁围着，还稍稍偏向一边，所以从外面很难看到。或许正是这个缘故吧，在很高的地方架了一座红色的小桥，像是专门用来观看瀑布的。可对于这么一道瀑布来说，就未免有些大动干戈了。然而，站在盲肠深处般的小路尽头，慢慢地心头就升起了一种难以名状的奇异之感。或许是这环境太过阴森黯淡的缘故吧。老实说，我还从未在自然环境中见过阴气如此之重的呢。简直叫人难以自拔，只觉得身心两方面都变得黏糊、滞重起来了。

善人尚可得遂往生，何况恶人哉。[1]

突然，我的脑海里毫无来由地冒出了亲鸾法师的这句话。我像是有点明白和尚为什么要到这儿来修行了。

回到旅店后，我稍稍休息了一会儿，也重新品味了一下刚才的感受，回过神来后，见新建旅社的老板娘跑出来了，就跟她打听了一下买下"泷之家"的到底是何许人。老板娘告诉我说，是个退休了的老头，家人都在东京，就他一个人跑来搞了这么个旅舍。

"这一带连个商店都没有，所以他时不时地要骑着摩托车出去采购吃的用的。"

既然是一个人在这儿由着性子干，估计也忙不到哪里去吧。不过这老头的想法显然是跟我一模一样的，那么到底是怎样的一个人呢？自然也就引起了我的兴趣。随即我又关心起他的出价来，便问道："这一带的地皮贵吗？"

---

1. 出自净土真宗僧人唯圆记录亲鸾法师语录的《叹异抄》，是亲鸾对其师法然上人"恶人尚且往生，何况善人"之论的反说，主张相信他力的恶人更易得救。

老板娘说，由于是调整区，地皮倒是便宜的，但不允许盖新房子。还说，那两家新建的旅店属于特殊情况。那是因为宫濑水库的拆迁户有土地补偿。不过生意清淡，她正犯愁呢。

也难怪，对于普通的观光客来说，阴森森的峡谷、毫无气势的瀑布以及中津川那煞风景的河滩，恐怕都是极度无聊的吧。但对于我来说，开不开矿泉旅舍另说，仅仅是发现了如此令人绝望的场所，内心就已获得了几分解脱。

（昭和六十三年［1988］十一月）

日原小记

　　那天我去了奥多摩，茫茫然溜达一圈后在鸠之巢的矿泉旅馆住了一宿。第二天，由于大半天的时间都闲着，就顺便去山谷中的日原逛了一下。

　　作为东京的秘境，日原可谓是名声在外，所以那儿有许多登山者、背包族以及来参观钟乳溶洞的观光客。虽说人一多也就很难被称作"秘境"了，但那儿的风景险峻，还是不负"秘境"之盛名的。

　　沿着日原川一路往上的盘山公路，虽说能通巴士，其实就是在几乎垂直的山崖上开凿出来的，防止崖崩的铁丝网在一旁延伸着，连绵不断。由于这是一条上山道，所以越走就感觉山谷越深，而越来越弱的溪流声几乎叫人产生一种渐入幻境的错觉。日原山上的石灰石开采十分盛行，故而到处都是裸露的山岩，景色颇觉荒凉，而这部分也造就了所谓的"秘境"氛围。

　　从青梅线的终点站——奥多摩站往山里走十二千米左

右，就是日原村了。我读过一本"二战"前出版的登山方面的书，里面写道，夜里自对岸的山路往上走时，朝日原的村落望去，家家户户都点着灯，整个山坡既像一个巨大的偶人架子[1]，又像一座城塞。我看到了这个村子后，却不由得联想起了四国的祖谷溪、伊那的下栗。虽说这里溪谷的深度比不上祖谷溪和下栗，但就景色而言，倒是日原这边因其险峻与硬朗而充满阳刚之气。

我也很想去对岸看看，于是就顺着村中的小道往下走，途中看到了一个不知是明治时代还是江户时代的古老门楼。朝里面一张望，发现是个民宿，房屋似乎已经翻建过了，只是门楼还保持着原样。我仔细端详了一番，见姓氏牌[2]上写着"原岛"二字，不知不觉间也就记住了。后来过了十来天左右，我在随意翻看《花袋纪行集》时，居然在一篇写他造访日原的文章中看到了"原岛"二字。这本书厚达一千几百页，之前也随意跳读过好多次，可有关日原的这一篇却从未读过。写的是田山花袋[3]顺道拜访日原世家大族原岛家的情形。估计就是明治末期或大正时代的事吧，在原岛家歇了歇脚之后，花袋就去观看了钟乳洞，随即就走夜路下山了。不巧的

1. 偶人架子，指日本女儿节时放置偶人用的阶梯式多层架子。
2. 姓氏牌，日本每家门口都有的，写着户主姓氏的铭牌。
3. 田山花袋（1872—1930），日本小说家，本名录弥。其提倡并推进了日本的自然主义文学。代表作有小说《棉被》《乡村教师》和随笔《东京的三十年》等。

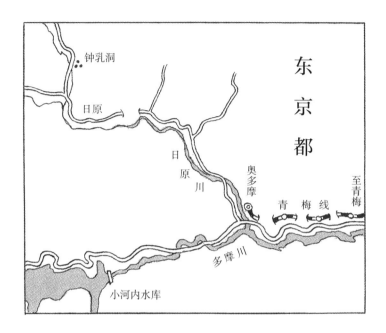

是，那时正遇着暴风雪，向导劝他不要去了，可他不听，燃
起火把，套上草鞋，居然在黑夜里一口气走了十二千米的山
路，一直走到了奥多摩小镇。当时的那条山路真所谓是羊肠
小道，十分危险。事实上那十二千米的路程，我也试着走过
一半，所以在重读花袋的时候，也不免在想象的世界里再次
体验了一遍，并自作多情地为他捏了一把汗。

　　从这个村子再往前两千米处的钟乳洞，花袋也手持火把
观看过，如今已经安装了电灯，没什么危险了，不过它大得
有些超出我的想象，尤其是最里面的那个大空洞，简直叫人

难以相信此刻正置身地下，灯光都照射不到的黑暗穹顶，高度无法估量。中央有一道高达三层楼左右的石阶，走上去一看，见上面是个平台，平台上有一座小庙，里面供奉着一尊名叫"赛河原"[1]的石佛。站在那平台上，我不禁寻思道：要是在这儿演奏交响乐，让音乐在这个天然大厅里回响，该多么恢宏壮丽，多么美妙无比啊！通常，石阶都是靠边设置的，而这里却一反常态地将其设置在正中间，显得极为奇特，给人一种如入梦境般的感觉，令人难以抗拒。而这么个梦幻般的世界又十分现实地呈现在眼前，不禁叫人心生惶恐：一旦钻入其中，还能出得来吗？

据说在以前的不知哪朝哪代，这个钟乳洞里曾住过修行者。看看这洞窟周围的景色，既壮丽又威严，也不乏险恶，确实是个适合修行的好地方。然而，虽说修行总是在深山老林里进行的，可修行者又是怎么活下来的呢？想必头发、胡子都无节制地野蛮生长着，身上的衣服破破烂烂，尽弄些野菜、野果什么的来果腹。说是修行者，其实不就跟叫花子一个样吗？真是想想都让人吃不消啊。

其实我这人的脑袋里也时常会冒出隐居深山的念头来。不过不是因为看破红尘或要遁世绝俗，仅仅是由于性格的关

---

1. 赛河原，佛教语，本是冥河河滩的意思。传说有先于父母死去的孩子在此处垒石造塔，作为双亲的供养，但石塔不断被恶鬼破坏。后来地藏菩萨现身，救了这些小孩。此指这类石佛像。

系罢了。我老有一种莫名其妙的、惶惶不可终日的感觉，甚至还被安了个焦虑性神经症的病名。因此我隐隐约约地觉得——并非出于理性，要是断绝了尘缘，或许性格、意识就会逐渐发生改变，焦虑、惶恐也就自动消失了吧。

我心想，那些个深山修行者中，莫非也有患精神病、难以融入现实社会的人？我甚至还觉得，所谓的宗教家，多半就是精神病患者亦未可知。尽管隐居深山，断绝与俗世的所有关系还是一件难以想象的事情，但这样做的话，说不定还真能洗心革面，脱胎换骨呢。

有一次我从自家的窗户朝外望去，见十来米远处有个叫花子——是个中年男人。当时正下着雨，可他尽管浑身湿漉漉的，却还是呆呆地站在那里，老半天也不动一动。我以为他是在看鸟，就透过照相机的长焦镜拉近了观察一番，结果发现他仅仅是神情恍惚地仰望这虚空而已，什么也没看。我心想，或许宗教家还不至于如此丧失自我，可这个叫花子不也断绝了人与人之间所有的关系，一点烦恼也没有了吗？据说常年要饭的人会丧失心智而近似于动物。可我想，这不也挺好的吗？

我震慑于钟乳洞附近的景色，呆若木鸡，大声都不敢出。心里倒也不免纳闷：那直刺蓝天的燕岩、笼岩、梵天岩等，到底有多高呢？它们全都露着滑溜的岩表，与其说垂直耸立着，倒不如说是快要倾倒下来了。我很想贴近其底部朝上仰望一下，可就是双腿发软，迈不开步。

我们经常可以在描写登山的书中读到这样的内容：人一旦被大自然所震慑住，就觉得自己像豆子一般渺小，像虫子一般卑微。对此，我曾经不屑一顾，觉得尽是些陈词滥调，难道就没有别的表达方式了吗？可如今轮到自己叹为观止的时候，还真觉得自己"像虫子一般卑微"，还真就没什么别的辞藻可形容。不仅如此，当"像豆子一般渺小"的感觉持续一段时间后，还会觉得自己越来越渺小，跟一粒沙一样了。那么继续渺小下去不就没了吗？——当然，我是说"心"的消失。

我对于之前游玩过的山，几乎都没什么感觉。一般都是远远地望上一眼，一点也不知道山中是怎样一番景色。但这个开通了巴士的日原一带，对于登山家而言或许还称不上什么崇山峻岭，却是首次让我为之震惊，为之目瞪口呆的地方。

我以前喜欢去的地方，都是些村落、小镇或宿驿地，也即能感受到人间温暖和生活气息的地方。对于附近的山川景色，也只感受到与人们的生活息息相关的一面。但是，日原的景色却是浑然一体的，丝毫也不夹杂人的因素。因此，与之面对，只有震惊，冒不出一句可以表达感想的话来。或者可以说，这种震撼人心的景色具有某种销魂夺魄的力量，令人感想全无。

我想起二十来年前，似乎也有过类似的经历。那是和朋

陡坡上的日原村落

友开车一起去富士五湖[1]的时候。看过本栖湖后，我们就沿山路往下走，想去身延转转。转过一座小山的山腰后，眼前豁然开朗，前方横亘着长长的南阿尔卑斯山脉。山顶上薄薄地盖着一层积雪，山脚下云雾朦胧，重峦叠嶂就跟飘浮在半空中一般。当时，我正跟朋友边走边开着无聊的玩笑，或许也正是这个缘故吧，猛地看到如此庄严神圣的景象，不禁胸口发热，还不由自主地双手合十。虽说我平时不怎么关心山峦，可那会儿真是感动得哑口无言。

---

1. 富士五湖，指富士山周边位于山梨县境内的五个湖泊的总称，分别是：河口湖、山中湖、西湖、本栖湖、精进湖。都是因富士山的喷发而形成的堰塞湖。

我没有登山的经历，也不了解干吗要把自己累得半死不活地去爬山，因此以下所说或许有些不着边际：所谓登山，恐怕就是为了在大自然面前感受渺小如草芥的自我吧。恐怕就是为了将自己变作"无"吧。

如此说来，自古以来的修行者隐居深山后所做的，不就是如此行为吗？——回家路上，我在日原镇上吃拉面时，不禁如此想。

（平成元年［1989］四月）

6

秋山村逃亡行

客栈忆往

秋山村逃亡行

　　最近几年我一直梦想着要幽居深山，绝迹红尘，所以外出旅行时，也总是有意无意地顺带着探访一下适合隐居的场所。

　　前年秋天，我去了两次山梨县东头，最靠近东京的秋山村富冈。虽说两次都仅仅是顺道路过，没在那儿过夜，可对于那儿的景色，同行者却大为震惊地说过这么一句话："哇！好厉害！这儿简直就是日本的西藏呀！"

　　"西藏"云云未免夸张，但能让原本就居住在多山的山梨县的同行者说出这样的话来，那儿的景色也确实非同一般，给我留下了秘境般的深刻印象：阴暗、荒寂。我曾想：这儿才是最适合于隐居的地方，不是吗？

　　沿着秋山川有一条小路，从下游到上游，散布着许多村落——秋山村就是这么一个狭长的村子。去过两次的富冈位于其下游处，而溪谷中的景色，通常都是越往上游走，就越是险峻、冷落。有鉴于此，今年冬天我又去了一趟。

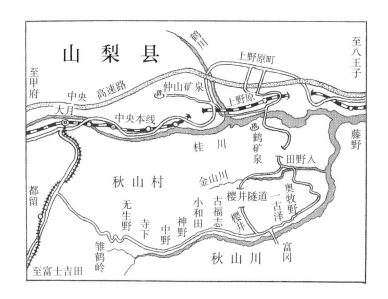

　　我在八王子坐上中央线，在第五站上野原下了车。我想跟人打听一下上游方面是否有旅店，可车站前除了出租车司机就没什么别的人了。他们告诉我说："附近的富冈有两家旅店，再靠里边一点的中野，记得也有一家。"

　　秋山村的村公所就在中野，所以我决定先去那儿看看。于是出租车司机就用对讲机跟营业所联系了一下，拜托那边的人去跟旅店打个招呼。一会儿回话过来说，是有一家名叫"梅屋"的旅店，但主人马上就要出门了，无法招待。司机再让营业所的人寻找别的旅舍。我原本只想打听一下旅店的位置，然后坐巴士前往的，可麻烦了人家这一番功夫后，也就只好乘坐出租车了。况且司机也说，巴士一共才四趟，早晚发车，而步行前往就根本不必考虑了。

出租车驶过了从车站那儿就能看到的桂川大桥后，就开上了坡道，一个劲儿往山上走了。不一会儿，眼前就出现了一条隧道，其实那就是秋山村的入口。人们时常把隧道看作一种分界，因为总觉得在隧道的那头，有一个在这头看不到的别样世界在等着自己，并紧张、激动地期待着。出了隧道，就是一个名叫"田野入"的小村落，再往前走一点，道路就一分为二了。右转之后，出租车驶上了一条因树木遮蔽了视野而显得十分昏暗的道路，就跟钻入了大山的缝隙之中似的。不一会儿，眼前又出现了一条名叫"樱井隧道"的长长的隧道。穿过隧道，驶下一段较陡的坡道，眼前就是秋山川了，与此同时，视野"啪"的一下被打开，景色也为之一变，足以令山梨县的同行者高喊："简直跟西藏一样！"

明明是十分开阔的景色，为什么会给人以秘境的感觉呢？恐怕是才从昏暗的道路以及长长的隧道中钻出来的缘故吧。我联想起了以前看过的一部探险电影里的场景：迷失在丛林中，穿过洞穴后，一个史前的恐龙世界展现在眼前。我们甚至还有些闯入无人之境的错觉。秋山川深不可测，望之令人目眩，其对岸的左手边，就是那个名叫"富冈"的村落，远远望去，它仿佛浮在晚霞中的山崖上。

我第二次来富冈那会儿，也是那位山梨县的同行者开的

一古泽的吊桥

车，一行共有十多个人，走的是过了田野入的二岐后往左拐的那条岔道。由于左边分布着日向、奥牧野、一古泽以及富冈等村落，所以那条路是开通巴士的。不过，其险峻程度却比右边通过樱井隧道的那条道有过之而无不及，曲折难行。我当时有意想让大家观赏一下秋山村的景色，所以在旅行的归途中特意去那儿绕了一下，可不巧的是那时天色已晚，又下起了雨，黑咕隆咚的，像是给大家留下了秋山村十分偏僻荒凉的印象。

不过要说这景色给人的印象，不仅与当时的心情密切相关，也会随着天气和时机而有所改变。或许是这次去秋山村时的天气很好，出租车钻出樱井隧道那会儿我又做好了观赏壮丽美景的准备的缘故吧，富冈一带的风景显得明媚动人，山村也展现出了宁静安详的气氛，与上次简直不能同日而语了。还有，或许是正处于枯水期的缘故，秋山川的水量也很小，没有了上次那种震撼山谷的隆隆声。

这时，出租车营业所那边也来了回信，说是已在中野那儿另外给我预约了一家旅店，于是我们就驱车朝秋山川的上游驶去。樱井，古福志，小和田，神野，如此这般，每当汽车在S形的山道上一拐弯，就会有一个小村落迎面而来，而我也必定会扭头回望。这条山道很宽，路面铺设良好，路旁设置了连续不断的护栏，而越往上游跑，山谷也就越明亮。这段路要是坐巴士估计要一小时左右吧，可出租车只用了不到二十分钟就抵达了中野，简直让我觉得不太过瘾。

我想象中的那个缩在昏暗山谷中的中野，却有着一个用钢筋水泥构建而成的十分气派的村公所。在它旁边并不太深的河流岸边上，还耸立着一栋医院——同样是用钢筋水泥构建而成的。我第一次来富冈时，把这件事告诉朋友，那位朋友是喜欢旅游的，他的藏书中就有一本"二战"前出版的名为《山村巡礼》的游记，其中有介绍秋山村的文章。于是他就将那篇文章复印后寄给了我。不久之后，我也买到了这本旧书。里面所介绍的秋山村，还是个山梨县的贫穷的小村子，虽说世殊时异，可我在看到这所气派的医院时还是觉得挺意外的。

替我预约好的旅店，就在村公所和医院的旁边，面朝着大道，是一幢陈旧的木结构房屋，颇有些旧式客栈的风貌。打开玄关处的玻璃门后，首先看到的是个卖香烟的玻璃柜台。——关起门来卖香烟，我还是第一次看到。

不一会儿，六十来岁的老板娘来到了玄关旁的檐廊上，我也坐到了檐廊上，跟她打了个招呼，并说明自己是因为工作关系才来这儿的。刚才听出租车司机说，先前那家旅店以主人不在家为由而不肯接客，恐怕是因为我是单身客人的关系。单身客人来到并非观光胜地的村子里，无所事事地到处闲逛，也确实有些形迹可疑。所以我一开始就强调，我就是干拍照、写文章这类活儿的，还拍马屁似的说些"村子里静

中野的旅馆　中央旅馆

悄悄的，真好啊！"之类的好话。这时，一个抱着洗好的衣服的姑娘从我们背后走过，我也跟她简单地打了个招呼。姑娘长得很美，化妆也完全是都市风格的。虽说这也不能说明什么问题，我却顿时感觉到：我住上了一家好旅店！

　　我没有马上进房间，直接就跑到大路上拍照去了。老板娘说，工地上的人也住在这里，他们五点钟回来，叫我早点回去，好赶在他们前面洗澡。

　　从中野往前，有栗谷、板崎、寺下、无生野这么几个村落，而从最里面的无生野再往前，则有道路越过雏鹤岭直达都留市。其实我本该先去那边的，却懵懵懂懂地坐出租车来中野后朝下游方向走去，失去了一个考察上游地区的机会。

我沿着车辆很少、行人全无的道路朝神野方向走去，见山崖下的山坡上有紧靠在一起的四幢房子，都是五六坪大小的样子，式样也全都相同。看起来没人居住，于是我就下去看了看。见那些房子——或许也可称之为别墅吧，都相当简陋，还不带院子。看了一下代替姓氏牌贴在那儿的、已经翘了角的名片，上面写着"八王子市[1]"。估计到了旅游旺季，这些房子的主人就会来这儿住上几天吧。

关于隐居方式，我是认真琢磨过几种的，不过自己也知道都不怎么现实可行，所以觉得像这种别墅生活或许是最简便易行的。可问题是，这种跟城里商品房似的与左邻右舍紧挨着一起的生活，不就失去了独居的意义吗？

神野有一所很大的初中。坐出租车来时看到的樱井小学也很气派。这两所学校都是钢筋水泥建筑。神野初中对面的山岗上，像是有个高尔夫球场，因为远远地可望见"秋山村乡村俱乐部[2]"的招牌。过了神野，来到一个名叫"小和田"的村落时，见这里的山岗上也建了一栋白色的大楼，名为"YLO会馆"。我原以为大山里的穷村子是不大会变样的，所以脑子里还保留着半世纪之前出版的《山村巡礼》所给我的印象，不料这个曾是全县第一贫困的村子，不知何时也已兴

---

1. 八王子市，日本东京都西部的一个城市。
2. 乡村俱乐部，源自美国，指备有郊外娱乐休闲设施的俱乐部，在日本被用作郊外高尔夫球场的名称。

旺发达起来了。村落里住房都十分宽敞，根本看不到那种农村风格的茅草屋顶房子了。由于地处山谷，道路也好，房子也好，全都建在高处，一点也不像谷底那么昏暗。每个村落周围还附带着大片的耕地。在小和田这儿还能看到对岸有十来栋大红大绿的孟加拉式小平房[1]。

我隐居山中后，自然也是要跟孩子见面的，所以在距离上必须考虑孩子一个人也能来。奥多摩和丹泽等附近地区，已在备选之列了，但又觉得那些都是观光胜地，住下来也难免会分心，所以内心一直对这个又近又闭塞的秋山村怀有很大的期望，以为这儿应该就是最佳地点。然而，来这儿考察过后就明白那只是我的一厢情愿。孟加拉式小平房啦，高尔夫球场啦，"收费钓鱼"的牌子也随处可见。而扛着鱼竿的人这会儿就已经不少了，旺季时的热闹景象自然也是可想而知的。这一切不免令我大失所望。为此，我不禁想起了朋友说过的一句话："如今，不论多么幽深的山中都已经铺设了公路。什么秘境啦，幽处啦，早就没有了。"

我不时地取出地图来，戴上老花眼镜，一一确认着地图上的标记和眼前的景色。我在两个地方都看到了"一坪图书馆"的立牌。所谓的"一坪图书馆"到底是怎样的图书馆呢？在那里能读到些什么样的书呢？我对此非常感兴趣。可仅凭

---

1. 孟加拉式小平房，指屋顶坡度平缓，房檐深长，有平台的单层木屋。源自印度、孟加拉国地区。

立牌，还是搞不明白图书馆在哪儿。或许是私人搞的吧？只是在普通住宅里辟出一个房间？我心想，要是我在这个村子里住了下来，说不定也会搞个"一坪图书馆"。

忘了是什么时候的事了，我有个要好的朋友曾想在乡下搞个漫画美术馆。可不是娱乐性质的那种，是要展示小众漫画家的原稿以及珍本图书的，还要像"信浓素描馆"[1]那样提供咖啡。说是让我当馆长，还说"这样的话，养老生活也就有保障了嘛"。我忽然想到，要是将那个漫画美术馆放到这个村子里来，如何？或可取名为"一坪漫画馆"……

我一边如此这般地寻思着自己老后孤寂凄清的生活，一边沿着小道往下走。小道在小和田那儿拐了个大弯，并且越往下游走山谷也越深邃，不知不觉间我就来到了古福志。从古福志再往前走，就是樱井和富冈了，但考虑到走得太远回去时会很无聊，我就在路边的自动售货机上买了一罐咖啡，然后走下河滩，在那儿歇了一会儿脚。古福志、樱井、富冈这一带的山谷是最深的，在山崖上根本就看不到谷底，不过倒也不像奥多摩那样有陡峭的石壁、巨大的岩石以及凝滞的池塘。这里的河底尽是些小石头，整个山谷也显得平淡无奇。

我在没了日照的谷底喝了咖啡，抽了烟，也稍稍地享受了一会儿孤独感。然后，为了留念，给自己拍了照片。我给

---

1. 信浓素描馆，1979 年由馆长洼岛诚一郎设立，收藏了早夭画家村山槐多、野田英夫、小熊秀雄等人的 1000 余幅作品，同时设置了咖啡厅。

相机设定了自拍延时，为了不让自己出框，将相机放得远远的，这一通忙乎过后，就赶紧朝已经对好了焦的、那块自己要坐的岩石跑去，结果中途被小石块绊了一下差点跌倒，第一张照片就这么泡汤了。第二次拍摄是成功的。于是我就在那儿撒了一泡尿，循原路返回了中野。

回到旅店后，先前见到的那个漂亮姑娘将我引进了二楼靠里的一个房间。其实这个房间由三个四叠半的小房间组成，呈L形。正中间的房间里放着电视机和被炉[1]，里间则铺着浆过的被褥。不一会儿，那姑娘就端来了晚饭。为了打破无言相对的尴尬，我就问她："您是这儿的闺女吗？"

"不，是媳妇。"她答道。

她的脸上带着一种似有似无的愁容，沉默寡言，举止也谨小慎微，这在当下很少见。双手又红又肿，满是冻疮，显出了一个乡下媳妇的辛劳。在大都市里，眼下正是"女性主义"盛行之际，到处都是"自由奔放的新女性"。这些情况想来她也不会不知道，可她依旧选择了一条勤劳质朴的人生道路，可见其内心是十分坚强的。晚饭的菜肴有竹箕鱼干、烤茄子、煎豆腐和凉拌款冬花茎，完全是一派山里人家的淡泊风味。不过用意大利实心细面做的炒面下垫了碧绿的莴苣

---

1. 被炉，日式房间里的地炉。在地板上开出方孔，下放火盆。四周支一木架，高出地板一尺左右，木架上盖有桌面，四周挂着棉被，故称被炉。烤火时人坐在被炉旁的榻榻米上，手和脚都可以放在被子下面。不过现在的被炉已经不用火盆，改用电加热了。

叶，并与烤茄子拼作一盘的做法，应该是出于这个年轻媳妇的一点慧心了。

施工人员的房间离得甚远，听不到他们的说话声。于是我就在此只听得到潺潺溪流声的寂静夜晚，坐在被炉前，独自品味着久违了的单身旅行的孤寂。我摊开 1：50000 比例尺的地图，时而用手指头在那上面描摹着今天所走过的路线，时而琢磨着下次来时是否要翻过高山去道志村那边看一下。不料就在这时，那个漂亮媳妇跑来说："不好意思，打扰您用功了。突然来了一位客人，请问能和您同住一屋吗？"

同住一屋？难道说旅店客满了？不会吧。——我不禁犹豫了一下。转念一想，要是有空房间人家也不会这么请求了，再说我一个人占了三个四叠半的房间也未免太奢侈了一点，所以不答应也有点说不过去。要是两人分住在L形房间的两端，我睡觉的地方有单独的进出口，应该没什么可尴尬的。但这家店居然要让素不相识的客人同住一屋，也太贪得无厌了吧。

不一会儿，外面传来了停车声，一个圆脸蛋、矮胖的中年男人被领了进来。我关上了隔扇，十分笃定地在正中间的房间里看电视，不料那漂亮媳妇"哗啦"一声拉开了隔扇，一边指给那客人看一边说："您看，这儿还有被炉呢。"

那个穿西装打领带的客人回答道："哦，好啊。"

随即他又对我说了声："不好意思，打扰了！"

虽说漂亮媳妇的鲁莽行为稍稍令我不快，可又觉得这不就是旅宿所特有的趣味吗？

那位客人洗过澡后，在隔扇的另一边，一会儿干咳，一会儿自言自语，像是很在意有我在的样子。不一会儿，他说了声："冷得不行啊，让我烤会儿火吧。"

随即，他就"哗啦"一声拉开了隔扇，穿着旅店提供的棉袍就进来了。虽说今年天气异常，是个暖冬，白天比较暖和，可一到了夜里，这山沟里还真是冻得不行，待在有被炉的屋子里哈出的气都是白色的。

"你看看我，一连跑了好多家旅店，可一过了八点钟，就都不留单身客了。好不容易才找到这儿，好说歹说，才总算让我住了下来。"

这么一交谈，我发现这个跟我年纪不相上下的家伙还是挺随和的，不免松了一口气。

"您从哪儿来？"我问道。

"我是本地人哪。不过现在住在千叶的幕张，来这儿是为了清扫坟墓[1]，也有些别的事情要办，一来二去的，就弄到很晚了……哦，对了，这些个，您要是不介意的话就尝尝吧。"

说着，他从皮包里取出了饭团、很大的鳕鱼干，还有两

---

1. 清扫坟墓，清除墓碑、墓石上污渍，清理杂草、落叶，更换供品，等等。

罐啤酒，统统放到了被炉的桌面上。

得知他是当地人后，我就问了他一些村子里的产业情况、景气与否、有哪些出名的事物等。譬如说，我看到村公所、医院和学校都建造得十分气派，有一种越往里走反倒越开放的感觉，觉得很不可思议。他就告诉我说，从前打都留市翻过雏鹤岭而来的巴士很多，那儿才是村子的入口，樱井和富冈反倒在村子后面，整个村子是面朝着县厅所在地甲府方向的，现在由于崇尚东京，故而上野原成了村子的入口。还说医院不造得气派一点，医生不肯来啊。中小学校很大，是由于别处的都关掉了，统统合并到这儿来了。没什么产业。从前村里人以烧炭和养蚕为主，如今开车到上野原只需二三十分钟，很多人都是到了那儿后再坐电车去东京的八王子或新宿上班。怪不得车辆很少，道路却整治得很好，原来本就是上下班专用的。

"离东京这么近的村子也出现了'过疏化'¹的苗头，所以上下班不便利些怎么行呢？"他说道。

"如今不是到处都在大搞乡村振兴吗？"

听找这么一说，他就一边嚼着鳕鱼干一边批评道："其实很多村子自己不动脑筋，都是委托东京的专业公司搞的。结果呢，被榨干了油水，留下一屁股的债。千叶那边也在搞

---

1. 过疏化，指人口外流等原因导致本地人口太过稀少的现象。

大型开发，不还是大资本赚了个盆满钵满吗？那个濑户大桥就是个典型嘛。"

别看他其貌不扬，看问题一针见血，说起来也头头是道，时不时地还夹杂着一些"活动""项目""东京一极化"之类的新名词，对于自己的家乡，既不自豪也不自卑。就连不懂得怎么与人亲近的我，也在不知不觉间被他俘虏了。

他说他是干土木建筑的，又问我是干什么的，我就把跟老板娘说过的话又重说了一遍。他立刻就兴趣盎然地说道："哦，原来你是搞游记的呀！主要写什么题材？发哪本杂志呀？"

显然在这方面他也懂得很多。而当我支吾其词后，他就立刻敷衍道："当然了，哪行也不好干啊。"

当下就抛开了这一话题，绝不令我难堪。他这种老于世故的魅力令我大为倾倒，我虽说已经在想如何逃避红尘了，可跟他一比，简直就是个涉世未深的愣头青。

我也设想过待在哪个破庙里"笃笃笃"地敲打着木鱼度日的方案，所以也比较关心寺庙的所在位置，可到这儿后却一个都没看到。问起这方面的情况后，他说是和尚因为吃不上饭，早就逃走了。他这次来清扫坟墓，本来也想顺带着做一场法事的，可做不起来。原先他们家在这儿有一座庙，还是"镰仓五山"之一的建长寺的分寺，可不知从什么时候起，已经消失不见了。

"和尚出逃，这也是时势所迫吧。"他笑道。

他说从前这儿的香火旺盛，无生野上还有一座"宝积寺"呢。还说不久之前，这儿还相当闭塞，跟新潟那儿的秋山村有一拼，而那边的秋山村也有个上野原，流传着"败兵[1]传说"，说不定还真是沾亲带故的呢。

我知道无生野至今仍保留着念佛踊[2]。恐怕是秉承空也[3]或一遍[4]之志的云游僧来此山谷中传播的吧。而云游僧多为私度僧[5]，他们的晚景一般都比较凄凉：走不动了，就在山里结庐住下，帮人超度亡魂或算算命，往往被村民所蔑视。他们死后，也会有别的云游僧来，仍旧住在他们的茅草屋里，帮人清扫坟墓什么的，孤寂度日。我曾在宫本常一的书中读到过相关内容，甚至想"我在这儿要是有个破庙，我也……"，看来是没指望了。

过了十二点，钻入被窝后，我仍在想象着云游僧"叮叮当当"地敲打着铃铛，孤苦伶仃地在山谷转悠的模样。额头觉得很冷，睡不着。于是就拿出跟孩子借来的、伸缩性很好

---

1. 败兵，指因战败而溃逃的武士，落单后往往成为农民劫杀的对象。
2. 念佛踊，一种敲打着法器边念经、诵唱，边跳的集体舞。据说为空也或一遍所创，是盂兰盆舞之起源。
3. 空也（903—972），日本平安时代中期的高僧。曾周游列国，从事土木水利工程，向民众直接传道教化。
4. 一遍（1239—1289），日本镰仓中期的高僧，时宗的创始人。云游诸国，念佛行化，特称为游行上人。倡导念佛踊。
5. 私度僧，指日本律令制时，未经官府许可而擅自剃度出家的僧尼。

的绒线帽，套在了头上。在这么冷的夜里睡觉，我还是头一回呢。那个土建老板说明天可以用车一直送我到富冈。其实我既想去无生野看看，也打算去上野原车站那边的仲山矿泉看看。

大约在五年前吧，有一次我想去仲山矿泉那边投宿，可电话打不通，再打到村公所去问，说是三年前就已经关门大吉了，可从那以后，我也一直惦念着呢。那地方离车站很近，只有三四千米，可打开 1：50000 比例尺的地图一看，却发现不仅隔着溪流，还密密麻麻地画了好多圈的等高线。于是我心想，估计那旅店窝在山谷之中，被遮天蔽日的大树包围着吧。既然已经关门大吉了，估计价格便宜得跟白给也差不了多少。同样的事例我也听说过几起，所以不免畅想了一番：同样是隐居深山，有矿泉的地方自然要舒服多了。比起跟云游僧似的缩在破庙里苦度光阴，能整天无所事事地泡在浴缸里不是更好吗？

第二天早晨，我是被那个土建老板叫醒的。他那时已经早饭都吃好了。起床后，我到楼下的客厅里急匆匆吃过了早饭。客厅里有个很大的下挖式的被炉，里面的炭火烧得旺旺的。老板娘和一个老爷子正在那儿看电视。这个老爷子我还是头一回看到，有心跟他聊会儿天，可土建老板已经在车里等着了，我只得急急地跑出了旅店。玄关前的院子里，那个漂亮媳妇正在晾晒衣服。她时不时地朝她那双满是冻疮的手哈着热气。

昨晚穿着西服的土建老板，今天换上了工作服，一下子就显出职业气质来了。从飞驰着的汽车里看到了昨天也见过的孟加拉式小平房后，我问道："那些是出租的吗？还是卖的？这儿的地皮贵吗？"

他说，这儿最近的情况怎么样不太清楚，可上野原一带已进入通勤圈[1]，正计划着要建造大规模的住宅区，所以就别打主意了。不过村子里的土地还是很便宜的，跟白给差不多。

"这儿到东京的距离跟奥多摩那边也差不多，可还相当落后，想来还是交通不便的缘故吧。"他说道。随即又说，"你是想过别墅生活吧。真不错啊。可要是这样的话，与其去租孟加拉小屋，还不如去租农家院落呢。便宜得多啊。"

可我明白，村子里的人际关系比大都市更麻烦，我是肯定处不来的。

到了富冈后，我就跟土建老板分道扬镳了。他说，他家的墓地就在相邻的一古泽，他马上就过去清扫，还会焚烧点枯枝败叶，循着那烟很容易找到。要我完事后过去找他，他会送我去车站。

为了去富冈拍照，我过了桥，走入村落之中，结果果然那最初的印象就像是一个错觉，于是很快就快快地退了出

---

1. 通勤圈，指能去大城市上班的居住范围。

来。可即便如此，这儿的景色还是要比上游那儿险峻得多，站在桥上俯视山谷，不免叫人两腿发软。在那本视点从上游移向下游的《山村巡礼》中，是这样描写此处地形的：

> 从无生野一路往里走，转过一个山腰又是一个山腰，穿过一个村落又是一个村落。如此这般，不停地往里走，只觉得崇山峻岭茫茫然无边无涯，不知走到何时才能脱出群山的包围，遥想前程，不禁叫人心里发怵——频繁地上坡、下坡，累得双腿僵硬，就跟两根棍子似的。每次上坡，都气喘吁吁的。

虽说这样的描写多少有些夸张，且在道路得到整治的今天，已经不那么艰难了。但从富冈到一古泽、奥牧野，还是能看到一些与之相仿的景色。奥牧野的前面，竖着一块表示山梨县与神奈川县交界处的路标。旁边还立着一块牌子，上面写的是："嫁到秋山村来吧。"几个字的油漆都已经褪色了，显得十分无奈。看来"新娘荒"之风，已经刮到这儿来了。

来到奥牧野后，我才发现已经错过一古泽了。我想就这么一走了之，可总觉得不跟土建老板打个招呼有些过意不去，于是折了回去。不过墓地位于山岗上，而我刚才一路下坡就已经累得气喘吁吁了，再要往上爬实在有点吃不消，所以只好作罢。虽说他的人我看不到，但他那辆已小如豆粒的

渺无人影的奥牧野

　　红色汽车还停在上面，我朝它挥了挥手，算是完成了告别仪式。其实，比起坐他的车来，我更愿意独自走路。

　　奥牧野那儿有一家小型的杂货店。我从中野起就一路留意，发现只有神野与这儿有这么两家小店。将脸贴在玻璃门上朝里面张望一下，发现有地下足袋[1]卖。我想买，但转念一想，还是没买，直接从店门前走了过去。近来流行徒步旅行，那些个爱好者全都衣着艳丽，朝气蓬勃。反观自己，头发花白，大腹便便，还想穿什么地下足袋，真是太不自量力了。

　　过了奥牧野，道路变窄，车辆自然也就绝迹了。估计由

----

1. 地下足袋，代替鞋子的日本式胶底布袜。仅大脚趾分开。

于樱井隧道是通往车站的捷径，这条迂回曲折的道路就被人抛弃了吧。四下里寂静无声，连鸟叫都听不到，谷底的溪流声也传不到山崖上。打开地图一看，发现从这儿一直到田野入似乎没有一户人家。于是我就在碰不到一个人的道路上，听着自己的脚步声朝前走着。

稍稍往下走了一段路后，我遇到了一条大白狗。这时我才想起，从昨天到现在，无论是在路上还是在村落里，不要说人了，就连乡下多为散养的狗都没看到过一条。这条大白狗没戴项圈，估计是野狗，我不免赔上几分小心，还讨好似的唤了它一声，谁知它立马就靠了过来。我摸了摸它的脑袋，它就立刻抬起头来，摆出一副十分恭顺的姿态。这是一条公狗，个子挺大，性子倒还温和。见此情形，我也松了一口气，可刚要径自离去，它竟跟了上来。以前在乡下走路时，我也遇到过这种情况。应该说，这已经是第三次了。考虑到它老这么跟着，时间一长有了感情到时候弄得难分难舍的很麻烦，所以我故意不去理它，一声不响地自顾往前走。

走了一会儿后，来到了一个较为开阔的地方。这儿有个养鸡场。或许是设备已经自动化了的缘故吧，看不到一个人，只听得喂饲料的机器在里面嗡嗡作响。过了那儿又往前走一小段，突然从山坡上又冲下来两条狗，三条狗立刻"汪汪汪"地大吵了起来。我可不愿被当成那大白狗的同伴而遭无妄之灾，赶紧装作不相干的样子快步离开。这时，我看到大白狗没出息地摇晃着尾巴在求饶了，而这一场风波似乎也就这么轻而易举地平息了。随后，大白狗便又跟了上来。它还不时地用眼睛瞟向我，估计在这种情况下，狗也会觉得不好意思吧。这条大白狗，怎么看也已过了盛年，要是人的话，恐怕像我这样一把年纪了吧。它这种遇到年轻的同类肯轻易服输的样子，不禁令我感慨：即便是狗，一上了年纪也只得低声下气啊！

这狗到底是出于何种考虑跟着我，我自然无从得知，反正我俩就这么默默地一起走着。渐渐地，山崖变低了。又过了一会儿，我们来到了秋山川的支流——金山川前来汇合的地方。这金山川是从樱井隧道方向流过来的，虽是一条涓涓细流，但溪水十分清澈。隐居山间没有电和燃气是无所谓的，但水必不可少。设想一下，在这条上游并无人家的小溪旁盖一间小屋，应该就能过活了。不过虽说这溪水十分清澈，可周边的景色却无魅力可言。我心想，要是附近有瀑布和水潭什么的就好了，带上一条不会说话的狗悄然而居，那该是多么惬意啊！

过了架在溪流上的小桥后，道路就一分为二了。右边的道路沿着秋山川，远远地可以望见日向的郊区。于是我就在这儿告别了昨天开始熟悉起来的秋山川，爬上左边的陡坡，进入了山梨县。由于昨天的疲劳尚未恢复，我这会儿已经累得筋疲力尽了，可在这山路上哪儿有可供歇脚的休息区呢，所以只得一步也不停地往前走，走到了这段坡道的顶端，终于到达了田野入。田野入隧道旁有个名叫"坂下"的巴士站，我走到那儿后，就再也撑不住了，一屁股坐在了地上。虽说穿过隧道后只要再走三千米左右就能到上野原的电车站，可我知道巴士十来分钟后就来了，所以还是决定坐巴士去。

我盘腿坐在地面上，累得直发呆。那条大白狗也跟了来，蹲在我的脚边。一路上我始终没吆喝过它一声，可总觉得这家伙已经跟我心意相通了。我不禁为它担心：在此地告别后，它能回哪儿去呢？

巴士来了。原以为是从村子那边来的，结果却从隧道那边过来。原来这是一趟折返巴士，说是在前面空地上掉头后直接开走。于是我赶紧跳了上去。回头透过车窗看了看大白狗，发现它似乎露出了十分震惊的表情。巴士钻入没有灯的、黑咕隆咚的隧道，出了秋山村，从鹤岛村落的下面通过，来到了开阔的桂川风景区。上野原的电车站就在大桥那头，清晰可见。

来到电车站后，我叫了一辆出租车，不顾疲劳困顿，立刻就去了仲山矿泉。跟司机一打听，那儿果然早已歇业了，说是恐怕连房屋都没有了吧。我说我就是想看看那是个什么样的地方。出租车沿着桂川行驶，渡过其支流鹤川，横穿过甲州大道，来到一个叫作"八泽"的村落时，司机停下车，指着前面阶地上的村落说："就在这一带。"

"可是，虽说房屋已经没有了，矿泉应该还在冒出来吧？"我问道。

司机笑了笑回答道："到底有没有矿泉，原本就很难说啊。就是个山中的澡堂子罢了。"

从地图上看，"仲山"是标记在"泽"的更靠里一些的地方，这让我对司机指点的地方是否正确大为怀疑。于是我对他说："再往里开一段看看去。"

然而，这儿的沼泽两岸已用崭新的水泥块加固了，宽度也只有两米左右，看着跟排水沟差不多。周边的草木也已被砍伐一空，露出了黄土，一片荒凉景象。那个土建老板所说的大规模住宅区开发计划，恐怕就是指这儿吧。这地方有什么好看的呢？我不禁大失所望。想象与现实大相径庭——对于我来说也不是一次两次了，看来我还是个梦想主义者啊。

我想买上野原有名的酒馒头作为带给孩子的土产，要司机朝离车站相当远的小镇开去，结果司机给介绍了另一家馒头店，说是最近上了电视，火得很。我就在那家店的门前下了车。其实，我在二十年前就知道这家馒头店了。不过如今人家忙得不可开交，一般都是要事先预约的。老板叫我等半个来钟头。

我下了单后，就去久违了的甲州大道上从前的宿驿地逛了逛，觉得肚子有点饿，就进了一家面馆。这是个脏兮兮的小店，靠里边的桌子旁坐着两个中年男人。我刚在靠近门口的柜台处坐下后，去送外卖的老板娘正好回来了。她朝着柜台里面的老板喊道："农协，一点左右，还要四碗！"

看来是一家夫妻店。老板板着脸，一声不吭。老板娘四十岁左右，脸蛋和身材都不错，却头发蓬乱，给人以放浪不羁的感觉，仿佛欢场出身。

"快点哦！我出去之前要先送过去的。"

她像是要到什么地方去。老板依旧板着脸，一声不吭。这对夫妻的关系似乎有些紧张。虽说这是人家的家务事，不容我说三道四，可总觉得不太舒服。

老板娘跟里边的两位客人似乎是老相识了，她走过去说道："过会儿我要去大月玩，一起去吗？"

客人笑道："大月有什么好玩的？要是八王子倒可以考虑啊。"

老板听到了他们的说话声，却无动于衷，只当没听见。

柜台前有一边是板壁，那儿贴着一张电车时刻表。我坐在柜台前正看着呢，老板娘来到我背后，在我头顶上伸出手指着时刻表问道："上行[1]？下行？哪个？"

我回答说："上行。"

"上行的话，这一班……"说着，她将脸蛋贴近板壁，胸部却贴在了我的后背上。

---

1. 上行，指由外地开往东京的电车。反之则为"下行"。

　　我满脸胡子拉碴，鞋子脏兮兮的，背包也还斜挎在肩上呢，不相信自己对女人还会有什么魅力。开始吃面后，老板娘将身体斜靠在柜台上，又问道："去过什么地方了？"

　　我有些顾忌老板，便没好气地答道："秋山村。"

　　不料她听了之后，又绕到我背后，说道："一点三十二分，上行、下行都有哦。"

　　随即她像是又查了一下去电车站的巴士时刻表，说道："我们一起坐巴士去吧。"

　　我像是受到了她那种肆无忌惮的传染，或者说自己的心态已经从旅行模式回归日常模式了吧，斩钉截铁地回答道："不！我要走着去。"

　　老板娘对着老板，凶巴巴地说了句："快点！"随即，就退到门后去了。

　　出了面馆，取了刚出笼的馒头，沿着已经来过好多遍的道路溜溜达达地朝车站走去。一路走，我不住地寻思着：这住在通衢大道两旁的女人，恐怕自古以来都是这么肆无忌惮的吧。还有，这日子过得腻味了，女人就会追求享乐，而男人只想隐居深山吧。

　　上野原的市镇位于高高的山崖之上，而电车站则位于山崖之下，故而要沿着陡峭的山路走上十五分钟左右才能到达。不过，电车站上方那段路正在整修，我走到那儿就被人用小红旗拦下了。那儿正好能看到桂川一带开阔的风景，于是我就站定身躯眺望了起来。不一会儿，巴士从山崖上下来，到了这儿自然也被叫停了。刚才那个面馆老板娘就坐在里面。她正将脸贴在车窗上朝外张望着呢。看到我后，她嫣然一笑，露出了雪白的牙齿。她抹了口红，比刚才更好看，可表情却依然十分慵懒。我像是受到了诱惑，有点不想回家，内心也开始动摇起来：要不，就跟她一起去大月玩玩？

道路放行后，巴士沿着Z形的坡道开走了，我却在原地站了好一会儿。我伫立于阵阵山风之中，眺望着桂川那青青溪流。山崖下方的电车站和伸向远方的铁轨都显得很小，就跟摆放在那儿的模型似的。右边是有着仲山矿泉的高山，鹤川和桂川就在那山前汇合。鹤川已受到生活排水的污染，呈相当浑浊的乳白色，不过桂川将其吞下后，依旧清澈不改，自顾悠悠然地流向远方。我又将视线投向对面的山崖以及更远处，见阴沉沉的天空下，昨天今天一路走来的秋山村那一带的群山隐约可见。

客栈忆往

我外出旅行时，虽说尚未到情有独钟的程度，却每每投宿在有着柴钱客栈[1]或行商客栈[2]氛围的旧式客栈之中。尤其去的是一些并非观光胜地的地方，原本就没多少旅店可供挑选，因而也只得住那样的客栈。然而，住在那样的客栈里，却更能体会到人在旅途的漂泊感。

"缝补好裤子上的破洞，给斗笠换上新的系带，又在腿上的足三里穴做了艾灸……此时，美丽的松岛之月早已在我的心头升起……"[3]

我也曾跟松尾芭蕉似的，在昏暗的电灯下缝补过绽了线的裤裆，而如此风情，也只与如此客栈相匹配。

---

1. 柴钱客栈，日本古代只需付做饭用的柴钱就能住宿的简易客栈。
2. 行商客栈，日本古代主要供跑单帮的小商人住宿的廉价客栈。
3. 引自日本江户时代著名俳人松尾芭蕉所著《奥之细道》的序篇。

"龟田屋之女"昭和四十一年（1966）八月之旅

　　说来已是二十来年前的事了。当时我跟朋友T骑摩托车去千叶洗海水浴，日落黄昏的时候在千仓一带迷了路，结果就在某家客栈里过了夜。因为是迷路后瞎闯的，所以没搞清那到底是个什么地方。不仅如此，就连那家客栈的店名也不甚明了。后来在地图上循着路线一琢磨，才觉得那应该就是一个名叫"丸山町古川"的地方。

　　那儿有两家客栈，斜对面隔着马路相距七八米，一番比较之后，我们就入住了其中的一家。当时记得入住那家的店名是"龟田屋"，可另一家的招牌我们也看到了，后来想想觉得另一家才是"龟田屋"，结果就弄不清楚了。

　　既然弄不清楚，那就当我们入住的那家是"龟田屋"好了。当时该客栈的玻璃门敞开着，我们来到其屋檐下朝里边一望，见有个挂着吊钩[1]的土间；土间的角落里铺着竹帘，那上面放着鞋箱；墙上靠着两三把供客人用的油纸伞。从外面一眼就能看到的账台里面，放着一张用木格子围起来的桌子，那木格子顶部正好与我的视线平齐；一个长火钵[2]——仿佛随时都会响起烟杆在那上面磕灰的敲打声似的；乌黑发亮

---

1. 吊钩，从炉灶等上方垂下来的用以吊锅、罐、铁壶等的挂钩。
2. 长火钵，一种长方形的箱式火盆，下部或旁边有抽屉，火盆一端可放烧水的铜壶，常用于起居室等室内。

的挂钟；神龛、招财猫也都一应俱全。门前的石板道上已经泼了水，还留有从竹扫帚上掉下来的细竹条。这情景简直就跟时代剧[1]中的一模一样，也令我产生了经过长途跋涉后终于找到落脚点的错觉。

"晚上好！晚上好！"

喊了两三声之后，只见里面的门帘掀开，走出了一个与这乡下简陋客栈极不相称的、三十来岁的女子。表情、言辞与举止都极为恭谨，却又仿佛带着一种淡淡的忧愁。她的穿着极为朴素，白色罩衫，黑色裙子，又束了一条围裙。看着她双膝并拢跪在门槛处楚楚动人的模样，我就觉得心里轻微地"咯噔"了一下。

她告诉我们，已经过了八点钟，不提供晚饭了，但前面不远处就有一家寿司店。我们说，那我们就吃了晚饭再来吧。将摩托车在客栈门前停好后，我跟T就直奔寿司店而去了。

那时，我们是两个人骑着一辆摩托车出来的，在内房的富津岬游了泳，又参观了东京湾观音和那古寺[2]，就是在馆山待到太阳落山才急着找旅店的。可一下子找不到合适的旅店，结果在前往千仓的途中迷了路，弄得自己在哪儿都不知道了。迎着闷热的夏风，行驶在黑咕隆咚的田间小路上，两耳被青蛙的大合唱塞得满满的，过了好一会儿才终于出现了人

---

1. 时代剧，日本的历史剧。以武士时代为题材或背景的电影、戏剧。
2. 那古寺，位于日本千叶县馆山市的真言宗寺庙。717 年由行基创建。

家，而看到从T字路尽头的寿司店里透出来的灯光，以及龟田屋与另一家旅店之后，我们才松了一口气。

那儿并非市镇，周围尽是田地，就那儿聚拢着好多户人家。正中的一条小道还是泥路，而路两旁的房屋都是些矮小的平房，那情形就跟联排长屋的后街似的。要说这样的地方居然会有两家客栈，这本身就很不可思议。大部分的人家都已经关上了防雨窗，只有客栈和寿司店里的灯光照着门前的道路。

"这条道可真够呛啊。首先那些虫子就叫人受不了。"

"是啊，啪啪啪地直往脸上撞嘛。都是冲着车灯来的吧。"

"可这是哪儿呀？要说是千仓似乎也太荒凉了点吧？"

"千仓可是观光胜地哦，怎么会是这种乡下地方呢？看来我们在半道上不该左转的。"

我们嘴上虽这么说，可都觉得有地方过夜就行了，管他是什么鬼地方呢，所以也就没去问清楚。

这里的寿司店与东京的不同，没有柜台，就一个老婆婆在靠里面一点的地方哆哆嗦嗦地捏着寿司，然后盛在花纹已经剥落了的碟子里，端到像是一块门板支了四条腿的桌子上来。土间的地面凹凸不平，门的衬板齐胸高，就简陋与陈旧而言，跟龟田屋客栈是有一拼的。

填饱肚子后回到客栈，我们先在屋檐下掸掉了头上、衣服上发白的灰尘，然后在刚才那个女子的引导下，从账台旁走过，进入自己的房间。房间打扫得十分洁净，被褥也已经铺好了。这一切当然是在我们外出吃晚饭的当口做好的，并且连洗澡水都烧好了。这天似乎没有别的客人，也看不到老板的家人，安静极了。

睡觉前，我们下了两三盘将棋[1]，可我心里老是放不下那个女子，很想跟T聊聊她的事情。与此同时，T似乎也挺在意这个女子的。因为他平时口无遮拦，遇到这种情况肯定会说："怎么说呢，这种女人嘛……"可那天居然默不作声，可谓是一反常态。为此，我也只好不作声了。

第二天早晨，我们起得比较早，去盥洗室从账台旁经过，见老板一家人正围着餐桌吃早饭呢。老板五十来岁的年纪，剃了个寸头，身材矮胖，穿着一身鼠灰色的家常和服，一副沉默寡言的样子。老板娘也穿着和服，同样身材矮胖。一个小姑娘，穿着水手服[2]，像是个初中生。还有一个小男孩，像是小学五六年级的学生。我原以为昨晚的那个女子跟老板是一家人呢，却看到她在离餐桌稍远一点的地方，正在伺候他们吃饭。看到她这副一声不吭、俯首帖耳的样子之后，我才明白：原来她是个女侍。我心中不免感慨：如今这年代，还有人家要女侍伺候一家人吃饭，可真是少见啊。更何况女侍的气质比乡下客栈的老板一家人更高雅，怎不叫人啧啧称

---

1. 将棋，日本的一种棋类游戏，类似于中国的象棋。
2. 水手服，日本女学生的校服种类之一。

奇呢？

我们离开客栈时，那女子还特意来到路边，朝着已经坐上摩托车的我俩挥手作别。摩托车开出一段路后再回头一看，发现那女子的身影已变得很小了，却还在目送着我们远去。像是为了对此做出回应似的，T在拐弯前还特意将摩托车的屁股震了几下，可出乎意料的是，这个始终沉默寡言、举止谨慎低调的女子，最后居然也像是恋恋不舍似的朝我们挥了挥手。

由于我们几乎就没跟那女子交谈过，不知道她的身世，也不理解她为什么非得在这么个乡下客栈里干活，可这事却一直印在了我的心上。

"旅痔之女"昭和四十二年（1967）十月之旅

一次去横跨青森与秋田两县的八幡平做温泉之旅时，我住在蒸之汤[1]的火炕小屋，结果晕池[2]了。所谓火炕小屋，就是建在能感受到温泉地热的地面上的小屋。而这样的小屋用作旅舍后，在发烫的地面上铺上席子，客人再盖上被子便可过夜了。

我住在那个冒着硫黄蒸气的屋子里，就跟蒸了一晚上桑

---

1. 蒸之汤温泉，位于秋田县八幡平。
2. 晕池，洗浴后出现的食欲不振、头痛、失眠等症状。

拿似的，浑身大汗淋漓，之后就觉得有些头晕，还犯恶心。其实就是猛然间接受这种强烈的洗浴方式而晕池了。不过当时我还不知道有晕池这回事，所以尽管很不舒服，可还是继续上路了。

之后，在角馆住了一夜，在小安温泉住了一夜，还想继续南下前往会津，可身体状况仍不见好转，实在是无法忍受了，就在米泽下了车。当时我只想尽快找个旅店——哪儿都行，然后立刻躺平。

当时所住旅店的名字现在已经想不起来了，只记得自己沿着车站前的道路往前走了一会儿，道路就分岔了，我走入右边的岔道，不多会儿就看到了一家极为寒酸的旅店，我迫不及待地一头栽了进去。这店也实在太破旧了，我都不好意思说它是旅店。站在玄关的土间处问了一下价格，说是一晚上一千四百日元。当时我已经没力气去寻找别的旅店了，所以也只好接受。在一个老婆婆的引领下沿着走廊往里走时，经过一个房门洞开的房间，见里面已经有客人了，目光对接之下，我不免微微点头，也算是跟他们打了招呼。

客人是一个五十来岁的男人，脸上的胡子一看就知道好几天没刮了。还有一个女人，三十来岁，是相当招男人喜欢的那种。两人隔着小桌面对面坐着，男的穿着像是工作服的上装，女的穿着浴衣，身体斜靠在桌子上，屁股撅得老高。房间角落里放着一个印有藤蔓花纹的大包袱，我心想，兴许是一对出来跑单帮的夫妻吧。

被领入靠里的房间后，我"咕咚"一声就在榻榻米上和身躺倒了。那个也不知是女侍还是老板娘的老婆婆说，你要是不舒服，要不要给你点什么药？我当时根本就没想到是晕池，还以为是晕车呢，所以就跟她说了声"不用了"。老婆婆一边给我倒茶一边还问我："今年的滑菇[1]收成可好？"

估计常有收滑菇的小贩来此投宿吧，她把我也当作这一路的了。

我连衣服都没换就躺了下来，就是想先睡上一会儿，可窗外孩子们吵得厉害，根本就睡不着。他们发出"咚咚"的声响来，连屋子都跟着震动。我打开窗户一看，见屋后的小广场上，一些孩子正扶着防雨窗套玩跳马游戏呢，也有玩跳绳和抽陀螺的。看到还有孩子玩这些朴素的游戏，我感到十分亲切，不由得呆呆地看了一会儿。同时也觉得入住这种跟贫穷人家差不多的小客栈，倒也别有风味。不过，吵吵闹闹的毕竟很烦人，所以我随即就大声怒喝着将他们全都赶走了。

吃晚饭前，老婆婆跑来说洗澡水烧好了。我在角馆和小安温泉的时候都没有洗澡。虽说我并不知道自己晕池了，但就是不想洗澡，或许是身体自发启动了抗拒机制吧。可这时

---

1. 滑菇，食用菌，味鲜美。秋天簇生于干枯或砍倒的山毛榉等树的树桩上。

听到老婆婆说"您头一个洗哦"后，就立刻有了一洗征尘的冲动。

我提着毛巾，再次从那对跑单帮夫妻的房门前经过时，看到那女的正躺在两张并排在一起的坐垫上。男的则将什么单据摊了一桌，像是正在记账。明明是他们先到的，却让我先去洗澡，我未免有些过意不去。不过从这么贵的住宿费来看，或许我才是上等客人吧。老婆婆似乎在宰客过后也有点亏心，故而特别讨好我，她站在浴室门前，露出谄媚的笑容，低声对我说道："那一对，不是夫妻。是常来这儿投宿后好上的。"

我泡在热水里，不想那男人，自顾想象那女人：她应该也有老公和孩子吧。

浴室里铺着地板的冲洗间十分宽敞，角落里放着洗衣机和水桶。整个浴室显得脏兮兮的，可浴缸却是个蓝色的塑料制品，墙上还十分自豪地写着"本店在全镇最早采用清洁浴缸"的字样。如今，塑料浴缸自然已是司空见惯的了，可在当时我还是第一次见到，觉得十分稀罕。

过了一会儿，老婆婆毫无顾忌地进来取水桶，与此同时，她又露出谄媚的笑容对我说道："那个女人，这两三天正犯痔疮呢。动弹不得，整天东倒西歪的。那男人去附近买了药，还给她抹呢。真是报应啊。"

不知为什么，她放过了男人，只一个劲儿地责备那女人。而我只觉得那女人犯了痔疮有点脏，能赶在她前面泡澡真是太好了。

我投宿那家客栈是昭和四十二年（1967）十月末的事情，后来，我的身体状况恢复了，又去了奥会津的汤野上温泉、岩濑汤本和二岐温泉。又过了几年，我打算将当时情形冠以"旅痔之女"的标题创作漫画，可总觉得这个题材有些低俗，就没动笔画。

"寿惠比楼旅馆"昭和四十二年（1967）四月之旅

昭和四十年（1965）九月末，我跟白土三平[1]以及他的经纪人岩崎先生三人，一起去了千叶县的大多喜町，并住在那儿的一家叫作"寿惠比楼"的客栈里工作了半个来月。我在那儿完成了一个短篇，白土先生则仅仅完成了一个构思。他似乎是经常在那家客栈里构思、酝酿创作架构的，还将摩托车寄存在那儿，以便工作之余好去附近钓鱼。

这个名叫寿惠比楼的客栈，位于郊外夷隅川的桥塥下，是个旧式的行商客栈，客人也以商人和施工人员为主。老板

---

1. 白土三平（1932—2021），本名冈本登。20世纪60年代最具代表性的漫画家之一，作品多描写忍者的生活。主要作品有《忍者武艺帐》《卡姆依传》《卡姆依外传》等。

昭和四十七年（1972）　千叶县大多喜町寿惠比楼旅馆

像是还在别的什么地方上班，全靠三十来岁的老板娘和她那十七八岁的妹妹以及一个老婆婆（老板的娘）打理着客栈的生意。不过那个老婆婆其实是什么都不干的，老是托着烟杆坐在账台里的长火钵旁抽烟。老板娘长得胖乎乎的，性格开朗，脾气爽快，从她娘家来这儿帮忙的妹妹阿顺，是个肤色白皙、楚楚动人又欢快的姑娘。老婆婆则跟男人似的留着短发。由于老板不怎么在家，我也只偶尔见过一两回，对他没什么印象。

　　白土先生像是跟这一家人都很熟了，我住在那儿的时候，就看到他时不时地会被叫去喝茶，偶尔还被请吃午饭（不在房钱里另加费用），我跟岩崎先生有时也会到楼下的账台那儿跟老板娘或阿顺姑娘聊会儿天，或躺在那儿抽烟，十分自在。

这家客栈的隔壁，有个小凑铁道的巴士车库。巴士导游小姐的宿舍也在那儿。一到夜里，宿舍所有的窗内就全都亮起了电灯，并响起年轻的导游小姐们的莺声燕语。客栈的窗户与那宿舍的窗户相距不远，所以对方只要将窗户打开，她们的谈话就清晰可闻。或许也是知道对面住着三个大男人的缘故吧，导游小姐们似乎是故意扯开嗓门说话的，渐渐地，其声调还会透出抑扬顿挫来，并配上身段和手势，弄得我们就跟看戏似的，乐不可支。

我十分羡慕将这样的客栈用作定点旅舍的白土先生，并决定自己以后要是赚了大钱，也要弄个定点的客栈。

由于当时给我留下的印象很好，两年过后，我又重访了寿惠比楼。这次是坐朋友T的汽车去的。我们先在内房的长浦住一晚，第二天则去看了房总的南端、洲崎和白浜，并在晚上六点钟左右到达寿惠比楼。

我将伴手礼递给老板娘，并跟她说我们是去看了白土先生后过来的。老板娘便问道，白土先生好久没来了，他在干吗呢？那时，白土先生在内房的上总凑租了房子，正在那边干活儿呢，所以我中途顺道去那边看了看他。不料听我这么一说之后，老板娘就道："是嘛，原来'大胡子'在凑啊，那准是带着老婆的。"

　　确实，白土先生有些不修边幅，只要一投入工作，就头也不剃胡子也不刮，任其自由生长了，那形象有点像印度的修行者。不过，听人在背后称这位漫画界的巨匠为"大胡子"，倒也十分有趣。

　　当时，该客栈住满了隔壁那个巴士公司的导游小姐，普通客人仅二楼有那么一两个，我们也是费了老大的劲儿才终于在一楼的一个黑咕隆咚的房间里安顿了下来。可就这样，老板娘的妹妹阿顺姑娘还是被赶进平时堆放被褥的小屋里去了。

　　据阿顺说，导游小姐大举入住该客栈也是常有的事。每逢有团体包场，一下子要出动几十辆巴士的时候，就必须将导游小姐集中到一处，而她们的宿舍住不下了，就会利用这个客栈。

　　年轻姑娘们的吵吵闹闹，我们倒也并不觉得怎么讨厌，可问题是当时浴室和厕所正在改造，虽说也都设置了临时的，可厕所前的走廊成了临时的更衣室。有一次我正在方便，有三四个导游小姐跑来后就在外面脱衣解裤，弄得我狼狈不堪。

　　全体导游小姐都洗过澡后，我跟T也进了浴室。虽说前面洗的都是年轻姑娘，可那临时小浴池中水毕竟也有些脏了，叫人很不舒服。上次跟白土先生住在这里的时候，浴池是一个很大的铁锅。我心想，如今说是正在改造，恐怕是要被改造成毫无情趣的瓷砖浴缸了吧。

睡觉前阿顺来铺了被褥，我打算穿着客栈提供的棉袍直接躺下。阿顺见了却说："穿着棉袍睡觉也太凄苦了吧。"

悲哀时的"凄苦"倒是能理解的，可穿着棉袍睡觉的这种臃肿的"凄苦"，倒是一种极为有趣的说法啊。我不禁心中暗忖：这位楚楚动人的阿顺姑娘要是跟谁谈起恋爱来，她又会用什么语言来表达内心的"凄苦"呢？

喝了点酒的T到十点来钟就呼呼大睡了，可我睡不着，望着昏暗的小灯泡周围上下飞舞的小蛾子发呆。随即又毫无缘由地长吁短叹了起来，觉得内心十分凄苦。隔壁的导游小姐们叽叽喳喳地说个不停。一个估计是新员工的后藤小姐正饱受着前辈们的指责。只听后藤小姐说了句什么之后，就有人教训她说："有什么办法呢？这种时候，就只能忍着点了呗！"

我心想，年轻姑娘们的世界，也并不风平浪静啊。

第二天早晨，出发很早的导游小姐们在五点钟左右就离开客栈了。我被她们的喧嚣声吵醒了，再看看T，他依旧睡得挺香，于是我就穿着棉袍，独自出门，去近在咫尺的桥上看了看。从昨夜就开始下着的毛毛细雨，将所有的景色都变得朦朦胧胧的。烟雨蒙蒙之中，我眺望着静谧的山川河流，忽然心有所感：匆匆忙忙的导游小姐也好，勤勤恳恳的客栈一家人也好，大家全都脚踏实地、兢兢业业地生活着，只有

我一个人浮在现实生活之上，不着不落的。想到此，我不禁
悲从中来，内心一片凄惶。

　　写作此文时，我尽力去回忆自己至今为止住过的客栈。
虽说并不能全都回忆出来，却已经多得足以令我大吃一惊了。

　　在大多喜，除了寿惠比楼，还有一家名叫"大屋"的客
栈。我曾于昭和四十八年（1973）在那儿住过。就其房屋构
造而言，大屋似乎是比寿惠比楼更正宗的客栈，据说是原封
不动地从江户、明治时代一直保留下来的。待人接物方面也
十分恭敬、周到。一般而言，行商客栈给人的感觉都要比观
光旅馆更亲切、更随和一些。

　　说到这一点，我倒想起了一件事。有一次我住在会津中
三依的"大黑屋"。一大早，老板跟老板娘就上演了一出夫
妻吵架的大戏，吵得我根本无法睡觉。当时我很恼火，可后
来却觉得这也是观光旅馆所没有的独特风味。

　　在秋田县，我住过五能线上的八森。在青森县，我在鲹
泽住过。但这两家客栈的店名，我已经不记得了。因为我并
不将住宿过的店名都一一记录下来，所以当时记得，时间一
长就忘记了。鲹泽的那家客栈连块招牌都没有，惨淡极了。
吃饭时，酱汤是店家的小孩子连锅一起端来的，勺子掉在走

昭和四十八年（1973）　千叶县大多喜町大屋

昭和四十六年（1971）　会津中三依大黑屋

廊上，捡起来后洗也不洗。虽说这生活气息也太浓了点，当时觉得吃不消，可事后回想起来，倒也不算什么坏印象。

在奈良时，为了节约旅费，我避开观光旅馆，四处寻找便宜的旅店。后来终于找到了一家客栈风格的旅店，被领上二楼的房间一看，天寒地冻的，却没个火盆或被炉，甚至连一个棉坐垫也没有。看那架势，仿佛在说："您要是不满意，就请便吧！"弄得我们只好落荒而走。这似乎是个强迫实施精神修炼的客栈，或许会受到来奈良做学术调查的师生们的青睐吧。不过当时我是带着妻子一起去的，也可能被当作走错门的露水夫妻了。虽说这样的经历叫人懊恼不已，可又觉得竟有如此别具一格的客栈也是挺有趣的。

位于镰仓长谷寺门前的对仙阁，虽然地处观光胜地，却依旧洋溢着旧式客栈的氛围，其极具明治时代风格的房屋也原封不动地一直用到了现在。玄关处的大座钟竟然比我人还高，电话室也跟以前一模一样。或许是镰仓的观光旅馆不可胜数的缘故吧，这家客栈的生意似乎总是不太好。我入住那会儿（昭和六十一年［1986］六月），除了我就再也没有别的客人了。我十分中意这家舒适惬意的客栈，唯一的遗憾是只供应早餐而不带晚饭。

当时，上了年纪对人却极为恭敬的老板娘（或是女侍？）还要我留下墨宝。原来她在登记簿上看到了我的名字后，立刻就去买来了色纸。我根本没想到这种地方还会有人知道我的名字，不免有些诚惶诚恐。可我不是那种能当着别人的面就"唰唰"地挥毫作画的人，只好十分抱歉地写了一个名字。

还有一些住过的客栈，名字已经想不起来了，不过我记得在宫城县的盐釜、山形县的朝日町、福岛县的三春和四仓都住过客栈。在长野县的麻绩、静冈县伊那谷的水洼、滋贺县八日市町、冈山县的下津井、九州的平户我也都住过。

除此之外，我还住过一些似乎曾经是客栈可如今已不怎么像客栈的客栈。例如位于下北半岛的田名部、长野县伊那市和高远、九州东半岛和姬岛等地的。店名自然也全都忘记了。去四国遍路、小豆岛遍路以及九州筱栗遍路的时候，应该也住过一些客栈，可现在已想不起来了。

还记得的，大概也就只有栃木市的手束旅馆、奈良井的油屋、濑户内海六岛的三宅旅馆、群马县万场的今进屋、秩父大泷的妙法馆、千叶县大原町的旭洋馆、九州小仓的新月旅馆这么几个了。群马县汤宿温泉的常盘屋虽是温泉旅舍，可同时又是三国大道上的驿宿，其构造是客栈式样的，也还保留着"旅人御宿"的招牌。

虽说这样列举的话似乎没完没了了，其实这些也是碰巧保留了发票、照片或简单的记录，现在才能勉强回想起来，可这种记忆也越来越淡了。

不过一个出乎意料的发现是，我一个人单独住宿的情况居然很少，现在想来这倒是不无遗憾的。因为，一个人待在

昭和六十一年（1986）　镰仓市长谷寺门前对仙阁

昭和五十年（1975）　栃木市手束旅馆

昭和四十三年（1968）   群马县汤宿温泉常盘屋

昭和四十八年（1973）   长野县秋叶街道远山乡上村宿四目屋

昭和四十六年（1971）　长野县会田宿保定屋

昭和四十六年（1971）　会津只见町大仓坂田屋

没有电视机的房间里无所事事，肯定更能深刻地体会到那种羁旅之愁苦……

（本文写于昭和六十二、六十三年［1987、1988］，可写完后又觉得不满意，自己收起来了。）

7

旅行年谱

旅行年谱

关于旅行年谱

正如年谱中所述，我喜欢上旅行，始于昭和四十一年（1966）。在此之前，我对于旅行是不怎么关心的。主要是由于家境贫寒，维持日常生活就已经十分艰难了，哪还有闲心去想别的呢？

昭和三十三年（1958），也不知怎么了，我独自去了一趟黑部；昭和三十四、三十五年（1959、1960），我又去了北陆的片山津和山中温泉。不过那也只是心血来潮罢了，不能算是对旅行有兴趣。

这份旅行年谱是从我迷上旅行的昭和四十一年开始记起的，我原以为自己已经去过好多地方了，可真的整理出来后，却又十分意外地发现去过的地方也并不太多。由此年谱可知，我在这二十五年的前十年间，是跑得相当勤的，后十五年间有四年的空白期，而在此之后，出行的次数也骤然减少了，甚至到一年中只出去两三次的程度。因此，这么整理出来后，就觉得旅行次数出乎意外地少了。

前十年跑的地方多，那是我兜的圈子比较大，一次外出的日期也比较长的缘故，而后十五年里，或许是年龄的关系吧，有些懒得动了。因此，我的旅行记录，基本上也是集中于前十年。

在此十年间，借助于友人汽车的出行居多。有了汽车，不仅想去哪儿就去哪儿，晚上还能睡在车上，即所谓的露宿，所以当时觉得十分便利。可随着汽车的快速普及，不仅道路铺设到了每个角落，景观也发生了变化，无论到哪儿都是人潮涌动。到了如此地步，我就开始了对汽车便利性的反省，渐渐地还产生了反感。

最近我尽量坚持步行，可步行又不可避免地缩小了旅行的范围，也令这份旅行年谱显得有些虎头蛇尾。不过我并不是职业旅行家，一味地增加旅行记录也没多大意义。我觉得反倒是悠闲的徒步旅行更能深刻体会旅行的况味，所以我决定今后不再大范围地奔走了，而要好好地享受小范围旅行的滋味。

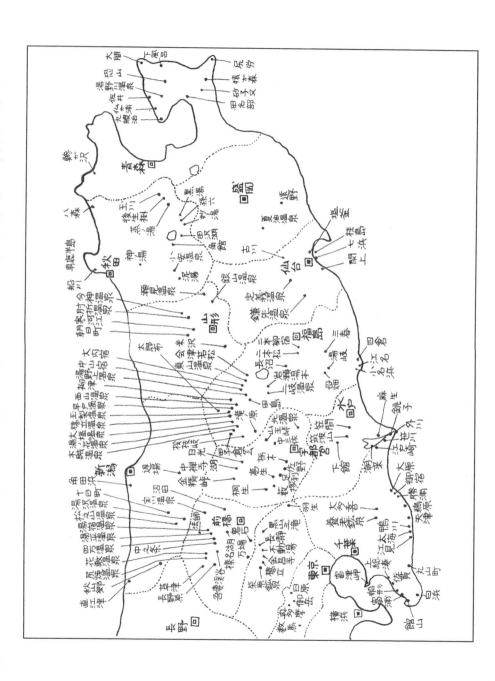

注：本页至250页的三幅图为柘植义春本人手绘，故图中地名均保留原样。

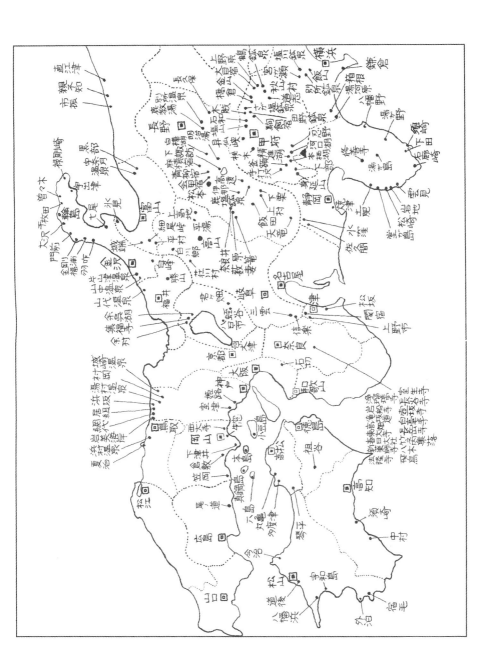

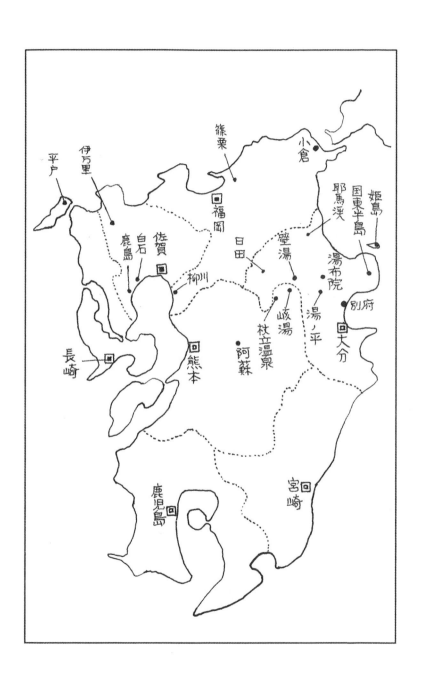

旅行年谱

昭和四十一年（1966）

八月（东京）

与友人T两人一同前往有"东京秘境"之称的桧原村的数马。住在带茅草屋顶的山中旅舍"山崎屋"。

山峦、溪流、闭塞的山村、朴素的旅舍。尽管只是住宿一晚的短途旅行，或许是旅行新手的关系吧，一切都让我们觉得新鲜，令我们感动。直到现在，也没享受到超乎其上的旅行体验。这次旅行可谓是我的觉醒之旅，从此就再也摆脱不了旅行的诱惑了。

八月（神奈川）

友人T买了一辆破旧的小排量汽车，我们俩由于都没钱，就打起了旅途中在车上过夜的主意，于是载上锅碗瓢盆和食材，去了三浦半岛。结果汽车在浦贺抛锚，我们只得露宿港湾。附近的大众澡堂帮我们做了饭，渔民们给我们做了刺身，感受到了旅途中的人间温情，也就越发让我喜欢旅行了。

八月（千叶）

乘坐友人T的摩托车去了千叶的海水浴场。在富津岬游泳，参观了左贯的东京湾观音。参观了那古船形观音，在从馆山去千仓的途中迷了路，投宿于名为"龟田屋"的客栈。那里像是个冷冷清清的宿驿地，给我留下了很深的印象，从此我就喜欢上了宿驿地和客栈。

参观了鲷浦，游玩了太海、御宿和大原。

八月（埼玉）

此时我还是个无忧无虑的单身汉，与友人T一路寻访了三鹰、立川、所泽一带的旧书店，随后又去了五日市、相模湖、丹泽的大山、蓑毛等地。这一段算不上旅行，仅是在近郊转悠而已。

随即我们俩又去了秩父，露宿在浦山溪谷。又去看了桥立观音、钟乳洞、秩父札所[1]金昌寺的石佛群、长瀞和黑山三泷等处。

九月（石川·岐阜·长野）

乘坐友人T用四万日元买来的破车，毫无目的地出游，跑到日本海一侧的直江津，在亲不知露宿。稍稍逛了一下以芭蕉的俳句"僧妓宿一家/碌碌风尘走天涯/明月照萩花"而闻名的宿驿地市振，沿着北陆路一路狂奔，从冰见进入能登

---

1. 札所，札指护身符或许愿帖，在佛教灵场领取或缴纳"札"的场所，此处等同于灵场。

半岛。一路上，我们看到海边的寒村点点，又在宇出津横贯半岛，在曾曾木的岩仓寺住了两宿。

在半岛岬角的禄刚崎，我们看了以"御阵乘太鼓"[1]而闻名的名舟海滩，以及千枚田等地，又从轮岛出发前往偏僻的大泽游览。在门前町参观了总持寺。游览了名胜能登金刚。福浦港简陋朴素，乡土气息很浓，给我留下了很好的印象。

从羽咋到河北潟、津幡，翻越俱利伽罗岭，又从石动前往福光，然后在城端露宿。从城端至白川乡的细尾岭路十分难走。在白川乡，我们见识了人字形屋顶建筑和流配犯小屋，并在御母衣水坝稍事休息。到达庄川村时已是黄昏时分，我们沿着白川大道翻越小鸟岭，由此而通往高山的道路十分恶劣，弄得我们狼狈不堪。在高山住了一晚。

第二天前往松本时，由于平汤前的道路遭遇泥石流，我们只得返回高山，然后经由国府町，沿着藏柱川、高原川终于到达了平汤。从那儿我们又十分艰难地翻越了安房岭，推着汽车通过了坡度很大的釜隧道，游览了上高地。但那儿已经变得庸俗了，索然无味。没有钱去住中汤、坂卷、白骨等地的温泉旅馆，只好露宿在奈川。梓川的崖道也十分险峻。在松本我们没去游览，翻越盐尻岭后连下诹访也仅仅是经过

---

1. 御阵乘太鼓，日本流传于石川县轮岛市名舟町的击鼓艺术。一般由几个青年戴着怪异的鬼面具以豪放的动作击打放在地面上的大鼓。据说远在战国时代，越后大名上杉谦信率大军攻打名舟时，村民们头戴鬼面具，披着海草假发，擂响大鼓将其吓退。后来就形成了当地的乡土文艺。

而已。我们沿着甲州大道一路狂奔，最后露宿在小渊泽一带的田野之中。第二天游览了甲府的升仙峡后便踏上了归途。

昭和四十二年（1967）

三月（埼玉·群马）

为了看秩父三峰神社的御师村落，由友人T开车前往。三峰山上面正下着雪，没法攀登，就去看了二濑大坝，然后想去中津溪谷上游，因暴雨而放弃。当时的中双里和更上游处的金山被称为"秘境"，路况很差，简直分不清是山谷还是道路。我们回到大泷，住在妙法馆。

第二天，参观了金昌寺和寄居的少林寺五百罗汉，翻山过后去了万场。万场是个冷清的宿驿地，感觉很好。在金井屋住宿一晚。沿着神流川往前，顺道去了鬼石的八盐矿泉，出藤冈后，经由伊势崎前往薮冢温泉。

四月（千叶）

与友人T在内房的长浦住宿一晚。拜访位于上总凑的白土三平先生的别墅。从馆山前往房总半岛的南端，游览了野岛崎、白浜。游览外房的太海，住宿大多喜的行商客栈"寿惠比楼"。这个客栈是白土三平先生的定点旅舍，昭和四十年（1965），我曾和他一起在这儿住过半个月。

五月（埼玉）

给水木茂[1]先生及其三个助手做向导，前往秩父四番札所的金昌市。我们一起游玩了浦山溪谷，可当时的情形几乎都忘记了。

八月（静冈）

当时的西伊豆还被称为"秘境"。虽说有些名不副实，但那时交通不便，私家车还没普及，还没出现现在这样的旅游热，所以那里依然是个悠闲的所在。

从三岛进入半岛后，参观了修善寺温泉，在汤岛住宿一晚。虽说汤岛是因川端康成[2]而闻名的，而我却是读了梶井基次郎的小说才想去的。我没有翻越天城岭，而是翻越了土肥岭，一直跑到西伊豆海岸，游览了堂岛、宇久须、岩地、云见等处，在松崎住宿。之后又游览了石廊崎、下田等处。归途中，投宿于伊东附近的八幡野。八幡野的乡土气息很浓，我非常喜欢。

1. 水木茂（1922—2015），日本漫画家。本名武良茂。怪谈系题材漫画元祖，日本的鬼怪漫画第一人，绰号妖怪博士。代表作《咯咯咯的鬼太郎》《河童三平》等。
2. 川端康成（1899—1972），日本小说家，新感觉派代表作家，1968年获诺贝尔文学奖。代表作《伊豆的舞女》《雪国》《千只鹤》等。汤岛正是《伊豆的舞女》的故事发生地。

十月（东北）

我曾在一本很旧的旅行书上看到过东北地区温泉疗养的照片，并为其极度的简陋、寒酸而大为惊讶。我感到自己的内心深处受到了震荡，心血翻涌不能自已，于是就上路了。

在八幡平的蒸之汤，我住在跟马棚差不多简陋的旅店里，觉得自己仿佛已被世间所抛弃，沦落到乞丐的境地。同时也从内心深处感到了安宁。从此，我就迷上了破旧旅店，不过我一直以为这是一种根深蒂固的自我否定，直到很久以后才意识到，这其实是一种自我解放。

由于我在蒸之汤晕池了，所以只好取消了黑汤、泥汤之行，投宿在角馆、小安温泉、米泽之后，才逐渐恢复精神，然后造访了会津的汤野上、岩濑汤本和二岐温泉。

透过巴士的窗户，我看到从汤野上至岩濑汤本的鹤沼川沿岸的悬崖上，有五六家家畜小屋似的简陋房子紧挨在一起，被雨淋得湿漉漉的。这时，我没来由地产生了一股冲动：我真想扑过去紧紧地抱住那小屋，将脸蛋蹭在其墙上，还想倒在那屋前的泥塘里打滚。为什么会产生如此强烈的冲动呢？我自己也不知道。

岩濑汤本也是个时间仿佛停在了江户或明治时代似的温泉疗养地，令我激动不已。

我觉得自己就是从这时开始喜欢上温泉的，但不是为了洗澡，似乎是为了投宿于破旧旅舍，把自己当成一个落魄者，当作一个无可救药的失败者来加以否定。

十二月（千叶）

为了驱散一个人过年的寂寞，我踏上旅途。先去内房上总凑拜访了白土三平先生，然后投宿于外房太海。当时的太海还是个偏僻的小渔村，是我在外房最喜欢的地方。

昭和四十三年（1968）

二月（群马·长野）

比起一般的温泉疗养地来，那种古风犹存、位置偏僻的温泉旅舍更有滋味。尤其是那股荒寂、萧瑟的况味，每每令我欲罢不能。我在新潟的十日町住宿一晚，然后投宿于信州的麻绩。归途中经过松本，游览了下诹访。

六月（千叶）

正式购买了照相机，作为试拍，去了外房的大原，在国民宿舍住宿一晚。从浪花一直走到御宿，看了海边的小渔村。

夏（群马·新潟·长野）

与友人T一起开车出游。造访新潟的秘境秋山乡。在铃木牧之[1]所著《秋山纪行》的插图上，村民的生活形同乞丐，我看后大为感动，真希望自己也出生在那个年代。

在屋敷温泉住了一晚之后，经由松之山温泉，观赏了大岛村、安冢町一带的乡村风景，然后经由饭山市去游览了汤田中、草津温泉，在花敷温泉投宿在若山牧水[2]曾住过的旅舍。也去了屃烧温泉。第二天，游览吾妻溪谷，逛了榛名山麓的几个寒村，看了榛名湖和榛名神社等处。

九月（九州）

本打算去九州做"蒸发"之旅，但意志不够坚定，在三重县的松阪住宿一晚。在九州时，一路观光，投宿于小仓、汤布院、汤平、杖立温泉等地。归途中，在名古屋住宿一晚。还记得在静冈县的清水市也住宿过，可当时的情形已想不起来了。

---

1. 铃木牧之（1770—1842），日本江户后期越后地区巨贾、文人，本名仪三治，俳号牧之。好作游记，善绘画。代表作有《北越雪谱》《秋山纪行》等。
2. 若山牧水（1885—1928），日本和歌作家，本名繁。其作品感情真挚，浅显易懂。性喜酒和旅行。著有和歌集《别离》《路途》《山樱之歌》等。

昭和四十四年（1969）

一月（群马）

《朝日画报》[1]为了采访而邀我旅行，于是就与记者、摄影师三人一起去了汤宿温泉、法师温泉和越后汤泽温泉。

五月（东北）

本打算周游秋田的男鹿半岛，可到了船川改变主意了，分别在五能线的八森、鲹泽住宿。经由青森、盛港，造访了黑汤、蟹场和孙六[2]。

归途中去了仙台，住宿盐釜，并渡海去了桂岛。顺道投宿七浜，南下福岛县后住宿四仓。

五月（长野）

与水木茂制作组一行人去蓼科高原游览。投宿明治汤，顺道去了中山道长久保，出上田，去看田泽温泉附近的修那罗石佛时，因暴雨在门前返回。记得还去了松本，可当时的情形已想不起来了。

---

1. 《朝日画报》，朝日新闻社主办的周刊画报，日本摄影杂志的先驱，具有很高的文献价值。发行期为 1923 年至 2000 年。1969 年 2 月曾以《不合理的漫画家》为题报道了柘植义春，称其为"异空间的旅人"。此后亦有多期发表柘植义春的照片、插画和文字。
2. 黑汤、蟹场和孙六均为温泉地名。

六月（千叶）

与当时尚未确立交往关系的现在的妻子[1]一起出游。游览了内房的富津岬和外房的太海。脚被毒虫蜇了一下，步行在鸭川、大原寻找医生。

八月（九州·山阳）

重走去年九州"蒸发"旅行之旧路。在大阪坐渡轮到别府，去汤平温泉、耶马溪、小仓逛了一圈。返回时去了山阳的仓敷、尾道，又去了下津，并在那里住宿一晚，之后又渡海去了本岛，在那儿也住宿一晚。随即又渡海去了四国，徘徊于丸龟、多度津。

八月（东北）

带着交往中的妻子游览了岩手县的夏油、宫城县的定义、栃木县的北温泉以及温泉疗养地。我与水木茂也一起去过北温泉，可不记得日期了。去年还是这一年记不清楚了，跟水木茂还去了群马县的宝川温泉和日光华严泷。

八月（东北）

在上述旅行的两天之后，由于与《朝日画报》的工作关

---

1. 柘植义春的妻子，本名藤原真喜子（1941—1999），前女演员，绘本画家，代表作《驮果子屋》，以及记叙与柘植义春家庭生活的《我的绘日记》。

系，又出去寻访温泉疗养地了。以此为契机，以后断断续续地多次因《朝日画报》而出行。

寻访了夏油、蒸之汤、玉川、濑见、今神温泉。在今神，投宿于简易房屋似的旅店里，感觉跟蒸之汤的火炕小屋差不多，十分安心。

十月（千叶）

作为摄影采访的模特，去了外房的太海，一连待了三天。十分悠闲地构思了漫画的情节。

昭和四十五年（1970）

一月（京都·奈良）

水木茂先生要我去拍摄一些古色古香的京都街景，于是我就在京都转悠了两天。随后又去了奈良，并在那儿住了两个晚上，游览了净琉璃寺、长岳寺、壶坂寺、柳生街道，以及八木古镇。

顺带着又去了琵琶湖的北岸，造访了余吾湖附近的寒村、集福寺和横波。我还想从木之本深入山中，探访一下菅并、鹫见、奥川并等处的偏僻山村，因天降大雪而放弃了。那时我对偏僻之地十分感兴趣，对于新潟县的秘境三面也十分向往，可最终未能成行。

二月（滋贺·福井·石川）

为了《朝日画报》的游记项目外出旅行。滋贺县的偏僻之地君畑是旋碗匠[1]的发祥地，我出于民俗学方面的兴趣，十分关心山里人（山中游民、猎人、旋碗匠）的生活，故而进山探访。

顺带着又去了北陆，游览了福井县的胜山、山代温泉，参观了金泽，冒着大雪深入白山脚下的白峰村。白峰村以前是以"乞丐村"而闻名的。这些游离于普通社会之外的山里人或"乞丐"，令我相当着迷。

还游览了石川县的冰见和福山市。

四月（四国）

利用来自《朝日画报》的工作，我踏上了向往已久的"四国遍路"之旅。对于"遍路"之人来说，"四国"是"死国"。因为很多来此巡礼的人，都回不了老家，每每倒毙路旁。但又听说以前得益于"善根宿"和别人的施舍，也能够一路前往。要是现在仍有这种可能，我倒十分愿意做一名乞丐，将自己扔在四国灵场[2]。

结果，坐摄影师的汽车大概转了整条路线的三分之一。

---

1. 旋碗匠，日语为木地师，使用转盘制造碗、盆等木制品的工匠。
2. 灵场，指神社、寺院、坟墓等所在的神圣土地。

途中，我们投宿于西祖谷的山村以及西海町，又去八幡浜、
道后温泉、琴平、今治等地逛了一下，总共花了九天。

五月（会津）

与友人T一起又去三年前令我激动不已的岩濑汤本和二
岐温泉。也去看了三年前看到过的位于鹤沼川悬崖上的家畜
小屋般的村落，可怎么找也找不到了。

顺道也造访了才发现不久的，完全保留着江户时代风貌
的大内宿，并延伸至只见川，造访了桥立温泉、玉梨温泉。
也看了只见川上的田子仓大坝，游览了南会津的木贼温泉、
汤花温泉。回家路上，游览了会津西街道上的宿驿地、横川、
中三依。

八月（濑户内·山阴）

从大阪坐夜船去四国的今治，到了那儿又改变主意去了
尾道。游览了尾道，又从笠冈渡海至真锅岛，并住宿一晚。
之后，又在六岛住宿一晚。六岛很小，连一辆汽车都看不到。

回到笠冈后转道去了鸟取。看了夏泊渔村，投宿在浜村
温泉。漫步于岩美町的浦富海岸、网代渔村、居组、诸寄、
浜坂等处僻静海滩。是与妻子同去的二人旅行。

九月（下北半岛）

为了《朝日画报》的游记项目而外出旅行。几乎跑遍了下北半岛的北面一半。在汤野川温泉住了两晚之后，沿着海岸游览了协野泽村的九艘泊、牛泷、佛浦、长后、佐井、下风吕等偏僻渔村，投宿于恐山。这次旅行，恐山就是目的地。后又投宿于陆奥市的田名部，看了散布于稻崎、尻劳、猿森、田代、砂子又、鹿桥等地的小村落。

归途中在岩手县的远野和宫城县的镰先温泉各住了一晚。

十月（九州）

由于《朝日画报》的工作关系，去了六乡满山佛之国、寻访了国东半岛的寺院，以及福冈县的筱栗灵场。

筱栗灵场相当于四国遍路的微缩版，三四天的工夫就能转遍八十八处了。有山，有谷，瀑布也很多，风景变化多端，比起四国灵场来我更喜欢这里。

在国东半岛，观摩了摩崖佛像、石佛群，采访了难得一见的琵琶法师[1]。后又渡海去了质朴无华的姬岛。

《朝日画报》的游记项目至此结束，不过，遍游古时传说能治麻风病的今神温泉、旋碗匠的君畑、白峰的乞丐村、四国遍路、筱栗灵场、亡魂聚集的恶山、国东半岛的佛之国

---

1. 琵琶法师，日本用琵琶伴奏说唱叙事诗的僧人打扮的盲人乐师。镰仓时代之后，多指说唱《平家物语》者。

等处的行旅，对我来说无异于一次异界之旅。这些地方都是
我一个人定下来的。

昭和四十六年（1971）

三月（濑户内·信州）

与妻子二人外出做宿驿地寻访之旅。兵库县的室津是有
名的海路宿驿地。我们在室津住宿一晚，经由相生坐赤穗线
的电车去了日生，参观再前面一点的西大寺。牛窗也是海路
的宿驿地。我们在牛窗住宿一晚后，渡海去了小豆岛，顺便
做了灵场巡礼。又从小豆岛的福田渡海去姬路，经过大阪，
造访了草津线的东海道的宿驿地、三云、水口，也逛了一下
信乐。

经由名古屋游览了中山道的妻笼宿[1]、薮原宿、奈良井宿。
前往松本，并去了会田宿、篠井线的青柳宿、麻绩宿等处。
八天七宿的旅程，跑了这么多的地方。

五月（会津）

与《朝日画报》社一直一起出行的一位朋友去看了桧枝

---

1. 妻笼宿，即妻笼的宿驿地，地名加"宿"均指此地的古代宿场。

岐歌舞伎 [1]。住在去年与友人T一起去过的汤花温泉，顺道去了木贼温泉，在桧枝岐住了两宿。

转向只见川方向，看了玉梨温泉、僻村太郎布、大谷集落等，住宿在早户温泉。在会津若松时，住在东山温泉，在那儿与同行者分道扬镳，返回只见川，参观了柳津虚空藏尊，投宿西山温泉。继续前往会津线方向，投宿汤野上温泉。造访大内宿附近的中山宿，徒步闲逛了楢原、弥五岛、汤野上等农村。

归途沿会津西街道南下，参观了山王茶屋。参观横川宿，住在中三依，游览了五十里湖等地前往鬼怒川温泉。八宿九天的旅程。

六月（山梨）

与老是有闲没钱的友人T游览了富士五湖。看了忍野八海。西湖畔美丽的根羽村落，是早就想去的地方，却在五年前被洪水冲垮了。本打算由精进湖前往古关、芦川村的，可女坂在当时禁止通行。在本栖湖住宿一晚，参观了身延山久远寺。

归途中造访了初鹿野的旧甲州大道的驹饲宿，也登上了笹子岭。

---

1. 桧枝岐歌舞伎，一种由日本乡村民众表演的传统娱乐演艺。据说源自江户时代农民对演剧"歌舞伎"的模仿，逐渐形成带有地方风情特色的乡村歌舞伎。

十一月（千叶）

与当时担任水木茂助手的铃木翁二[1]以及北川君[2]一起，游玩了外房的太海。

昭和四十七年（1972）

一月（九州）

与妻子二人前往九州旅行。游览小仓一日，造访杖立温泉以及日田的水乡，看了阿苏火山口。顺道寻访了宫原线的岐汤、岳汤和壁汤等处。又游览了柳川、长崎。从长崎渡海去了平户。由平户又顺道去了伊万里，走访了佐贺县鹿岛市浜町的渔村和白石町古风犹存的家居建筑。在那一带的情人旅馆住了两宿，觉得比普通旅店还要便宜。

再次造访两年前去过的筱栗灵场。通过两次造访，基本上完成了八十八处的巡礼。由小仓坐轮渡踏上归途。九宿十天的旅程。

---

1. 铃木翁二（1949—），最重要的GARO系漫画家（对曾在漫画杂志《GARO》上发表作品，或与之气质相近的漫画家的统称）之一，与安部慎一和古川益三并称为"GARO三羽鸟（三杰）"，代表作《摩托少女》《透明通信》等。

2. 北川君，此处应指水木茂的第一助手北川义和，生年不详，卒于2018年。作为漫画家默默无闻，唯一单行本是署名"北川象一"的情色漫画。作为漫画助手，主要负责背景绘制，据说水木茂名作《鬼太郎的诞生》中的巴别塔就出自他手，也曾协力柘植义春名作《螺旋式》和《采蘑菇》。

五月（千叶·茨城）

又是与友人T漫无目的的出游。在外房大原住宿一晚，游览铫子的外川渔港和犬吠埼登台等处。在笹川，参观了与侠客笹川繁藏[1]有关的寺院。游览了佐原的街市和潮来，在霞浦对岸的麻生町住宿一晚。遥望着北岸的农家风景，经由石冈游览了筑波山。

九月（千叶）

因向往田园生活，与妻子二人去大原、天津小凑、上总凑去物色地皮。在大原住宿一晚。

十一月（千叶）

再次去大原物色地皮，住两宿。

十一月（千叶）

为地皮之事，与无聊汉T再次前往大原。在川崎坐汽车渡船至木更津，由内房保田至鸭川，翻越横根岭走乡间道路。在太海住宿一晚。第二天游览鹈原海岸和胜浦。

经过内房时，总想看看鹿野山的宿驿地，可总是错过机会。

---

1. 笹川繁藏（1810—1847），日本江户时代后期侠客、赌徒，本姓岩濑，下总国香取郡笹川居民，因同饭冈助五郎争夺利根川沿岸的势力范围而被杀。其事迹因说唱《天保水浒传》而广为人知。

昭和四十八年（1973）

四月（伊那）

受PR杂志《GRAPHICATION》[1]的委托，与《朝日画报》的原班人马沿着天龙川从下游逆流而上，并无什么明确的目的，边走边逛古道和宿驿地而已。

看了佐久间大坝，投宿于信州街道的水洼宿。也逛了平冈，造访了秋叶街道远山乡的上村宿，投宿于深山秘境之下栗尾村落。顺带着也看了看三州街道之上市田、大岛、片桐等处的情况，发现已面目全非，没有一点旧时模样了。走访了大鹿村一带的小村子，投宿于鹿盐矿泉。在伊那市也住宿过，又去了南泽矿泉，发现那里十分无趣。去高远赏樱并住宿。走访了三州街道的箕轮村羽广一带的农村，采访了当地的节庆活动。

五月（福岛）

与妻子一起巡游温泉疗养地。造访了水郡线的母畑矿泉、南会津的长沼。投宿在我喜欢的岩濑汤本和二岐温泉，然后回到水郡线，住宿汤岐矿泉。附近的谷川矿泉也很好，但没

---

1. 日本富士施乐公司（即现在的"富士胶片"）的企业杂志。创刊于 1967 年，2018 年停刊。杂志名 GRAPHICATION 为根据 Graphic Communication（运用图片沟通）而自创的和制英语。

机会住宿。

九月（千叶）

与妻子二人做短途旅行。在大原总是投宿在国民宿舍。在大多喜没住在熟悉的行商客栈寿惠比楼，住在了大屋。投宿于行商客栈也是一种旅途乐趣。

昭和四十九年（1974）

四月（山梨）

乘坐友人T的汽车造访甲州街道上野原前面的犬目宿。五年前（昭和四十四年［1969］）迷路后闯入此处时，当地还保留着旧时宿驿地的形态，这次就是为了确定其具体位置而前往的。

顺道看了猿桥，应该还从大月前去寻访了金山矿泉，以及当年为破旧旅舍的桥仓矿泉，但到底是这次去的，还是在昭和四十四年去的，现在已记不清楚了。

之后，我们又从大月前往都留市，翻山去了道志村。

昭和五十年（1975）年

三月（栃木·茨城）

毫无目的地与友人T一起驱车兜风。一路上游览了足利町、佐野町、葛生等地。住在栃木，经由小山，去逛了木户线的结成、下馆、笠间等乡下市镇。

由土浦前往霞浦西岸的江户崎。江户崎在江户时代是十分繁荣的港口小镇，如今已被遗忘，成了一个十分凄凉的乡下小镇。但我却十分中意，甚至想定居于此。

三月（山形·宫城·福岛）

由于PR杂志《GRAPHICATION》的工作关系，与几个经常合作的成员一起去采访了摆渡船。

由米泽前往长井市，由白鹰町一带的最上川上游前往朝日町、寒河江，以及下游的大石田，辗转多地探访了各个摆渡口。住宿于朝日町、银山温泉、肘折温泉，在新庄与他们分道扬镳，乘坐陆羽线的电车前往古川市。并未去鸣子温泉。

前往仙台，投宿盐釜，稍稍南下后，去看了名取川河口的闲上的贞山运河。其人工开挖的沟渠风景与浦安相仿。

又去寻访了福岛县二本松附近的旧二本柳宿，投宿于磐越东线的三春。在平[1]，则游览了小名浜、江名和海滨。

---

1. 平，地名，指位于福岛县滨大道南部的旧城镇。

九月（兵库·京都）

《太阳》[1]杂志的温泉探访项目。与作家田中小实昌[2]等人同行。在城崎住两宿。参观了曾经的宿驿地村冈町，游览了汤村温泉。

回来时在福地山与他们一行人分手，与回到大阪老家的妻子会合，去看了生驹山麓的石切町。石切的汉方药店鳞次栉比，令人不寒而栗。住宿京都，逛了京都街市。

昭和五十一年（1976）

六月（新潟·群马）

由于杂志《诗》[3]的工作关系，与诗人正津勉[4]同行。重访了昭和四十六年（1971）去过的位于只见线柳津附近的西

---

1. 《太阳》，日本第一本成熟的平面杂志，1963年首次出版，1976年1月号发表了柘植义春的温泉插画，2000年12月号（第482号）停刊。《别册太阳》继续出版至今。

2. 田中小实昌（1925—2000），日本小说家，曾获第81届直木奖。其作品多以细腻的笔触描写从事灰色职业之人的人生悲欢。代表作有《破旧不堪》《嘀嘀咕咕》等。

3. 《诗》，昴书房发行的月刊杂志，1976年10月创刊，1978年停刊。1977年1月号为柘植义春特集，发表了其图文《梦日记》和草稿漫画《打工》等作品。

4. 正津勉（1945—），日本诗人，1972年发表诗集《惨事》，因自虐且暴力式的诗的语言受到瞩目。著有散文集《雪国生活》《日历物语》，诗集《青空》等，以及研究柘植义春的专著《柘植义春：GARO时代》。

山温泉。由会津若松前往新潟，造访了古代"卖药姑娘"[1]的发祥地角田浜。由三条市探访了秘境下田村的迟场，可那儿根本就不像什么秘境。

回来时投宿于群马县的汤宿温泉，游览了沼田町。

九月（东北）

与诗人正津勉一起探访了要在《诗》上连载的温泉地。去了秋田县大曲市南外村不怎么出名的汤之神。时隔七年重访了黑汤，又去了昭和四十二年（1967）没去成的泥汤。

十一月（会津）

与诗人正津勉一起旅行。第四次投宿于岩濑汤本。自从昭和四十二年（1967）初访以来我就一直惦念着鹤沼川旁那家畜小屋似的村落，这次我也十分留意，却还是没找到。

时隔五年重访了只见线的早户温泉。又造访了附近的大盐温泉，归途中投宿于那须的北温泉。

※1977—1980 年，由于妻子患大病，我得了神经衰弱症，以及要照料孩子等因素，没有外出旅行。

---

1. 卖药姑娘，明治中期后出现的以卖肠胃药为主的女商贩。她们身穿藏青底子碎白花纹的和服，戴着手背套，裹着绑腿，行走于全日本。

昭和五十六年（1981）

四月（伊豆）

我的神经衰弱好转后，便时隔许久重与家人去短途旅行。经由汤野、下田至小半岛的须崎渔村。两宿三天。

八月（千叶）

应弟弟柘植忠男[1]及其他人之邀，去太海洗海水浴。我因胆怯之故未能充分享受。住了两宿。太海已模样大变，索然无味了。

昭和五十七年（1982）

三月（群马）

因《小说现代》[2]的工作关系外出旅行。由于神经衰弱正在发作，以防万一而带家属同行。目的地也选在了熟悉的汤宿温泉，在其附近的汤平温泉住宿。

这是一次为了生存而不顾病痛的艰辛之旅。

---

1. 柘植忠男（1941—），GARO 系漫画家，在哥哥柘植义春的影响下开始画漫画。代表作《无赖平野》《昭和御咏歌》等。
2. 《小说现代》，讲谈社发行的小说杂志，1963 年创刊，作为三大"中间小说"（介于纯文学和通俗小说之间）杂志之一，昭和中期后挖掘了很多人气作家和作品。

十月（山梨）

由于所构思的漫画故事[1]中出现了甲府的升仙峡，就与家人一起前去拍摄了风景照片。也去了身延线下部附近的釜额村。这是一次两宿三天的短途旅行。

十月（千叶）

由于孩子喜欢旅行，全家出游的机会变多了。在大原住宿一晚。造访了太海附近的江见，在内房的富浦住宿一晚。富浦虽是初游，但乡土气很浓，非常合我的心意。

昭和五十八年（1983）

八月（千叶）

再次受弟弟和他的朋友之邀出游，在太海住了两个晚上。与弟弟一起出行自然是很高兴的，可素不相识的人太多了，这种与别人一起旅行的方式已让我感到痛苦。为此，也没了边旅行边工作的意愿。

---

1. 此处应指柘植义春发表于 1984 年的 35 页短篇《池袋百点会》，漫画以甲府升仙峡的二人旅行为结尾。

昭和五十九年（1984）

七月（伊豆）

因身心不适而淡漠了旅行。仅保持在每年一两次带家人在附近做短途旅行的程度。在汤野和汤岛各住了一个晚上。

九月（山梨）

中央线上野原附近，散布着鹤矿泉、仲山矿泉和金子矿泉。这些都是旧时的乡下旅店。我至今仍未改变对破旧旅店的喜好，故而造访了鹤矿泉。虽说事不凑巧没能住上，但那儿确实是个很"破旧"的旅店，令我大为所动。

昭和六十年（1985）

五月（东京）

去桧原村和奥多摩的御岳短途旅行，共住宿两晚。昭和四十一年（1966），就是因为去了那儿，我才爱上旅行的。这次也参观了乡下旅店网代矿泉，并参拜了御岳神社。

八月（山梨·神奈川）

带着家人去下部、汤河原、箱根旅行，共住宿三晚。对于观光胜地，我向来是不屑一顾的，所以箱根与下部我也是初游。

昭和六十一年（1986）

六月（神奈川）

去镰仓巡游寺庙。二月里曾在千叶的馆山住过一晚，在此镰仓也住过一晚，但那次或许称不上旅行。这次参观了长谷寺、大佛和建长寺等处。

八月（埼玉）

第四次的秩父之行。投宿于不动汤、柴原矿泉。顺便巡游了好几处札所。浦山溪谷、桥立钟乳洞、四番札所金昌寺等处今非昔比，已经大变样了。

在秩父，无住[1]的札所比较多。我甚至突发奇想，是否能托身于札所，去过乞丐似的生活呢？

昭和六十二年（1987）

八月（长野）

由于带着家人一起旅行，活动范围也局限于附近一带，这次去了以前一直不怎么重视的别所温泉和鹿教汤。与东北地区的温泉疗养地相比，这儿还是不能令人满意的。我们先

---

1. 无住（1226—1312），号一圆，日本镰仓晚期的禅僧，尾张长母寺住持。著有佛教故事集《沙石集》《杂谈集》等。

去了别所温泉，后又翻山去了鹿教汤，应该说后者略胜前者吧。

九月（山梨）

应山梨的友人之邀，游览了盐山矿泉、惠林寺、放光寺等处。也去了我早就关注的岩下矿泉，但没能住下，结果住在了十分无聊的石和温泉。

回来时顺道去了上野原的鹤矿泉，但两年前令我大为感动的破旧旅店已在改造，令我大失所望。

借了"温泉热"的光，如今到处都变得干净亮堂了，真是遗憾之至。

因迷路，十分偶然地误入了秋山村。

十一月（山梨）

与有着"柘植义春研究会"这样奇怪名称的团体成员十来人，去夜叉神岭山脚下的桃木矿泉雅游（？）。顺道造访了甲斐国分寺、犬目宿和秋山村的富冈。

昭和六十三年（1988）

四月（千叶）

在外房的大原住宿一晚。由于我想过乡村生活，于是就去养老矿泉那一带察看了一下。那儿远离矿泉小镇，就在独栋旅店"川之家"附近的山谷，感觉不错。要是附近没有大酒店的话，确实是个十分优雅的所在，我很想在那儿住上一段时间。

八月（群马）

昭和四十二年（1967）与友人T一起去花敷、尻烧温泉时，想住在附近的四万温泉而没住成。可如今由于"温泉热"的关系，四万温泉也已经庸俗化了。温泉被引入了各个房间，客人都在塑料浴盆里洗澡。见此情形，我不由得大吃一惊。要说起来去年在鹿教汤已领教过同样的架势了。可考虑到如今是穿着游泳衣洗澡的时代，这点变化也只能见怪不怪了。平淡无奇地住了两宿。

十一月（神奈川）

丹泽山脚下的矿泉出乎意料地多。大山神社我虽然已去过两次了，但没在矿泉旅舍住过。造访了别所矿泉和半原的盐川矿泉。可是，这两个地方都没能住宿，而是住在饭山矿泉。别所和盐川矿泉都是破旧旅舍，尤其是盐川，令我大为感动。位于黑暗山谷中的盐川瀑布惨淡萧瑟，深深地打动了我。

中津溪谷的上游、宫濑正在修建大坝，或许建成后这儿就成观光胜地了吧，附近的西式小客栈和孟加拉式小平房已经鳞次栉比，令我大失所望。

平成元年（1989）

三月（山梨）

两年前偶然误入秋山村后，我就一直被其荒寂的氛围所吸引，这次从上野原进入秋山村，沿着秋山川一路走去，看了星星点点散布于此的各个小村落。

这几年一直在考虑乡村生活的事，秋山村也是候选地之一，所以前来考察，但不久之后就听说那儿即将开通磁悬浮列车，不禁大失所望。

三月（东京）

去奥多摩的鸠之巢和日原做外宿一宿的短途旅行。越近的地方往往会推后旅行，在此之前，日原就从未去过。参观了钟乳洞和日原的村落。

钟乳洞附近狂野的景色夺人心魄。由此可以理解为什么说具有威慑力的风景具有荡涤游人心中杂念的力量。它甚至连感想都不会给你。它能让你充分体味人在大自然面前那种渺小如虫豸，并无限制地变小，行将消失殆尽的感觉。我从内心深处体会到了真正的感动。

平成二年（1990）

四月（山梨）

比起因"温泉热"而变得越来越花哨的温泉旅馆来，从好多年前起，我就觉得萧瑟冷清的矿泉旅舍更具魅力了。这次，我从中央线的初鹿野，经由日川上游，前去寻访了田野矿泉和嵯峨盐矿泉。但是，我发现位于深山之中的嵯峨盐矿泉也平淡无奇，不免感到失望。途中的木贼村反倒是个趣味盎然的村落。

老是感叹各地都变得时髦且庸俗不堪，或许也不太正常，可我确实越来越受到幽暗、荒寂之旅的吸引。这样的话也就只能走入人迹罕至的深山，因而也越来越向往高山大川了。但我对于那种属于体育运动或徒步旅行的、朝气勃勃的登山活动是毫不关心的。

平成三年（1991）

三月（奈良·木曾）

为了庆贺孩子初中毕业，利用学校放春假，我们一家去游览了奈良。参观了奈良町和高畑町界限古色古香、鳞次栉比的住宅。重访了二十年前去过的新药师寺和柳生街道之泷坂道。东大寺、法隆寺、长谷寺、室生寺等处的古老佛像令人感动。八木和大宇陀的古老街区因时间关系而没去看，只能留待下次了。

　　为了犒劳孩子，去伊贺上野的忍者居所看了看，结果发现那纯粹是骗孩子的把戏。前往名古屋，乘坐中央线的电车踏上归途，但为了让孩子有机会考察社会，又顺道去了木曾的妻笼宿。妻笼也与二十年前大不一样了，已作为观光胜地而得到大发展。这是一次五宿六天的旅行。

8

后
记

"忘我"之境何处寻？
——柘植义春的作品与思想[1]

我读过许多中国的古典文学。

像中国的《聊斋志异》，文库本的有五六册呢。我全都读过的。还有像《唐传奇集》啦、《剪灯新话》啦、《抱朴子》啦、《列仙传》之类的。

读了之后，我发现那些书只叙述事件，根本没有心理描写，所以篇幅都很短。可那些没有心理描写的作品，却让我产生了真实感。

（《柘植义春漫画术》[下卷]，1993年，Wides出版）

1966年前后，当时的日本已经可以买到廉价的中国古典文学译本了。柘植义春读得如饥似渴，并将他从书中领悟的

---

1. 本文是柘植义春的漫画编辑浅川满宽应邀为《贫困旅行记》中文版所写，首次发表于本书中，文章译者为吴优青子，其中引用的柘植义春访谈译者为徐建雄。

东西融入自己的漫画作品中。柘植感受到的这种"没有心理描写"和"只叙述发生之事"的特质，对他后来的作品和思维方式都产生了很大影响。

> 我有这么个疑问，那就是，"心"啦、"心理活动"之类的玩意儿，或许根本就不存在吧？我觉得一切不都是事件、现象、事象吗？就连"心"，不也属于这类吗？
>
> 愤怒、快乐这样的情感，也都是当下的反应，恐怕也不是什么与生俱来的东西吧。
>
> 对过去的事情耿耿于怀，痛恨过去也好，生过去的气也罢，不也都是当下的心在发怒吗？
>
> 哪有什么"心"呢？一切都是当下嘛。
>
> 虽说长期以来，文学一直都在深挖着人的内心世界，可有时候我觉得"根本就没什么内心世界嘛，瞎忙活什么呢？"（笑）。他们该不是在原本空无一物、干干净净的地方植入一些"内心世界"之类的玩意儿吧。
>
> （采访，1999 年 12 月）

除了早期作为贷本漫画家创作的作品，自柘植 1965 年为另类漫画杂志《GARO》创作以来，他的作品大致可划分出三个倾向，分别是私漫画（描绘作者自身的日常生活及自传性题材）、旅行和梦境。

　　虽然倾向不同，但大多数情况下，柘植的自身经历都被投射进了作品的某些地方，这是他每部作品都有的共通点。而那种在社会中的"生存不易"，就像是通奏低音一般流淌于柘植所有的作品中。

　　柘植的第一部私漫画是《小吱》（《GARO》1966 年 3 月刊），讲述了一个没名气的漫画家和女友养了一只小鸟的故事。私漫画直白来说是一种引入了私小说手法的漫画。私小说是 20 世纪 20 年代开始在日本出现的一种纯文学形式，其特点是将自身及周围发生的事作为素材进行创作。尽管除柘植外，还有其他作者也创作过私小说风格的漫画作品，但将这种手法贯彻到底，并且取得了实际成果和声誉的柘植义春，称得上是"私漫画第一人"。柘植本人也很喜欢读私小说，本书中多处提到的川崎长太郎、葛西善藏、梶井基次郎等小说家，都是公认的私小说作家。除了漫画之外，柘植也有私小说风格的文章作品，如自传体的《断片回想记》和《柘植义春日记》等。

　　另一方面，柘植也因创作了以梦境为素材的漫画作品《螺旋式》（《GARO增刊 柘植义春特辑》1968 年 6 月刊），而作为超现实主义漫画家闻名。将梦境创作为作品时，不仅有将看到的梦境（包括意义不明的部分）不做加工直接再现的自动主义（Automatism）作品，也有以梦境为基础再创作的超现实主义作品，还有《梦日记》这种，将梦境用文章和插画形式记录的作品。

　　本书中的《蒸发旅行日记》一文主要收录了他的旅行笔记。当柘植绘制以旅行为主题的漫画时，故事本身和登场人物都是他虚构出来的。可以认为他在实际动笔作画之前，故事已经有了大致的框架。但柘植有时会在仅凭想象虚构的作品中，加入以实景照片为参考用写实手法描绘出来的背景，或是着重描写在当地遇到的人以及所见所闻。通过将自己真实体验的片段以蒙太奇拼贴的方式组织成作品，让读者模拟代入体验作者的经历，从而创造出一种共通的真实感。

　　　　所谓故事，就是一种现实罢了。反映我们如此这般的社会生活的，那就是故事。可是，这现实其实是个幻想，并非确凿的真实，只是暂且设定了一些规则的，也就是虚构出的模拟现实，是个骗人的东西。而对于这个骗人的东西，我是没有真情实感的，也无法相信。可要问"那么，不是模拟的、真正的现实又在哪儿呢？"，我只能说，自然也是没有的。虽说模拟的其实就是真正的现实，可我无法从感觉上（而非从理性上）来认识它，所以我感到窒息，活得很累。我要获得解放，于是就想用漫画来创造一个并非模拟的、真正的世界，想通过毫无破绽地建构故事，来突破模拟现实……

　　　　　　　　　　　　　　　　　　（采访，1992 年 6 月）

柘植在本书收录的《大原·富浦》中写道，当他走访富浦时，他试图寻找川崎长太郎的私小说《富津·富浦》中出现过的火葬场，但没有找到。在柘植的旅行故事中，他通过蒙太奇手法在虚构的故事里加入现实生活的风景和人物来增加真实感。与此相反，在私小说的创作中，往往将虚构的元素，如这里提到的火葬场，插入真实的亲身经历里。虽然这两种方法是相反的，但都有增加作品完整性的效果，并能让读者更为印象深刻。

> 真实感、逼真度也是个问题。譬如说，有时候照着事物本身毫不走样地画下来，也会觉得不真实。那么真实感到底是什么呢？或许就是所谓的普遍性吧，可又叫人觉得不仅仅是这样的……如果说佛教所说的解脱就是超越模拟现实的话，那么真实感似乎也与之有关吧……
>
> （采访，1992 年 6 月）

本书所收录的《旅行年谱》非常有趣，它搜罗了柘植迄今为止所经历的旅行记录。那么，旅行对柘植来说意味着什么呢？

> 所谓旅行，就是短时间的"蒸发"啊。斩断之前所有的人际关系，前往一个没人认识你的地方。也就是把

自己变成一个赤条条无牵挂的人吧。这是个十分难得的
面对真正自我的好机会。

（采访，1990 年 5 月）

　　1965 年 9 月，应同为漫画家的白土三平的邀请，柘植和
白土一同前往距离东京市中心约七十千米远的千叶县内陆，
在大多喜的旅馆寿惠比楼住了十多天。白土三平是以忍者漫
画闻名的漫画大师，长期以来都很欣赏柘植的作品。与在东
京的日常生活不同，柘植在大多喜被美丽大自然所包围的经
历，给他的内心带来了变化，对他后来的作品产生了巨大影
响。在逗留期间，柘植有了《沼》（《GARO》1966 年 2 月
刊）、《采新菇》（《GARO》1966 年 4 月刊）和《西部田村事
件》（《GARO》1967 年 12 月刊）三部漫画作品的构思。也
许是以“大多喜经历”为契机，次年起，柘植便不时搭乘朋
友立石慎太郎[1]的车，抑或独自一人，开始了以东北部地区为
主的国内旅行。之后他便开始在漫画中重现旅途中遇到的风
景。这些作品也被称为“旅系列”，因具有能被普通读者接受
的通俗性，成为柘植人气大增的契机。在此之前，柘植的作
品虽具有创新性，但往往会被认为过于抽象而难以理解。

———————

1. 立石慎太郎，即书中多次提到的 T 君，在柘植义春“旅系列”漫画中多
　 次出现，据说是柘植义春“唯一的友人”，在町田经营一家名为“天堂”
　 的旧书店，生平不详，于 2004 年去世。

《旅行年谱》是从 1966 年开始记录的。在 20 世纪 60 年代末的这段时期，柘植每月都会外出旅行，回来后便全身心地投入到作品创作中。以下是《旅行年谱》更详细的行程，以及补充说明他是如何将旅行中的收获融入漫画的，作为对只记录了时间和地点的《旅行年谱》的补充（地名使用了现在而非当时的名称）。

1966 年 8 月（千叶）

行程：富津市—馆山市船形—南房总市古川—鸭川市小港—鸭川市太海滨—夷隅郡御宿町—夷隅市大原

柘植将在南房总市千仓迷路的经历画成了漫画《庶民旅馆》(《漫画Sunday》1975 年 4 月刊)，之后顺路去的鸭川市太海在《螺旋式》中登场，而《海边的叙景》(《GARO》1967 年 9 月刊) 则是以大原为背景创作的。大原是柘植母亲的故乡，柘植小时候曾在那里住过两年，在 20 世纪 70 年代初的一段时间里他曾考虑移居大原而多次访问。

1967 年 4 月（千叶）

行程：袖浦市藏波—富津市凑—馆山市—南房总市白滨町—鸭川市太海滨—夷隅郡大多喜町

这期间柘植住在袖浦市长浦的万事屋餐厅，后来这段经历被改编成漫画《柳屋主人》(《GARO》1970 年 2 月刊、3

月刊）。长浦之后，他去富津市上总凑访问了白土三平，还顺便去了太海。

大多喜的寿惠比楼旅馆在本书收录的《客栈忆往》中也被提到过，其实这段经历也被片段地使用在了许多漫画作品中。与旅馆老板女儿对话之后，他创作了《酒馆少女》（《GARO》1968 年 8 月刊），这个女性同时也是《沼》的原型。他还根据从隔壁房间偷听到的巴士导游的零碎话语，画成了《红的花》（《GARO》1967 年 10 月刊）。《红的花》的背景虽说是以福岛县奥会津为原型的，但在山中经营着一家茶馆、为过往旅客提供茶水的那个青春期少女的人物设定，是从太宰治的早期作品《鱼服记》中来的。而《鱼服记》原本也是采用了江户时代的怪异小说《雨月物语》（上田秋成著）中《梦应鲤鱼》的设定。

1967 年 8 月（静冈）

行程：三岛市—伊豆市修善寺—伊豆市汤岛—伊豆市土肥—贺茂郡西伊豆町仁科—松崎町岩地—贺茂郡松崎町松崎—贺茂郡南伊豆町石廊崎—下田市—伊东市八幡野

正如本书《伊豆半岛周游》一文所写的那样，柘植在这次旅行中住在"长八之宿·山光庄"（松崎町松崎）。他在翻看那时拿的旅馆宣传册时，构思了《长八之宿》（《GARO》1968 年 1 月刊）的故事。山光庄 2022 年仍在营业，柘植住过的房间也保持着原样。

1967 年 10 月（东北）

行程：秋田县鹿角市八幡平—秋田县仙北市角馆町—秋田县汤泽市皆濑字汤元—山形县米泽市—福岛县南会津郡下乡町—福岛县岩濑郡天荣村汤本居平—福岛县岩濑郡天荣村汤本下二俣

对柘植来说这是第一次独自旅行，似乎给他留下了深刻的印象。通过这次旅行，他创作了《火炕小屋》（《GARO》1968 年 4 月刊，于八幡平）、《酒馆少女》（《GARO》1968 年 8 月刊，于下乡町）、《二岐溪谷》（《GARO》1968 年 2 月刊，于天荣村汤本下二俣）三部漫画作品。其中《酒馆少女》的故事本身是柘植虚构的，作品的一部分使用了会津方言，这是直接取自在下乡町的观光胜地"塔之弟"的一家茶馆里看到的方言手帕上的句子。

1968 年 2 月（群马—长野）

行程：群马县利根郡水上町—新潟县十日町市—长野县东筑摩郡麻绩村—长野县诹访郡下诹访町

从当时《GARO》杂志的编辑高野慎三那儿听说后，柘植访问了群马县的汤宿温泉，这段经历后来成了《源泉馆主人》（《GARO》1968 年 7 月刊）的故事背景。此后，他也曾多次访问汤宿，本书所收录的《上州汤宿温泉之旅》就是再访时创作的。他后来前往新潟县十日町的目的是拍摄照片，作为当时构思中的《雪洞里的本先生》(《GARO》1968 年 6 月刊）的背景。但由于访问时机不对，没能拍到照片，背景的描绘最终只能靠柘植的想象完成。

旅行一方面为柘植那种无法融入现实社会的性格带来了变化，另一方面也让他对自我设问，即如何才能让在旅行中获得的解放感和精神状态于日常生活中也能保持下去。

> 通常而言，旅行的魅力就在于暂时脱离日常生活的那种解脱感，而"蒸发"则是如此这般的持续性行为，是一去不回头的旅行，所以就成了逃离社会的行为。又由于社会就等于我们自身，故而逃离社会也就是解放自我。要是用佛教用语来说，这种自我解放就是解脱了，也就是进入不受任何束缚的自在境地了。正因为这样，从前有很多高僧都"蒸发"了。人们想外出旅行，不就是因为能从中感受到深刻的解脱感吗？当然了，这也仅限于孤身一人的外出旅行。

> （采访，1991 年 8 月）

1968 年 9 月，柘植实际尝试了到九州的蒸发旅行。这段经历不仅被记录在《旅行年谱》中，并在本书的《蒸发旅行日记》中也有描述。这是柘植作品史上跟其漫画作品有着同样重要地位的一篇文章。

当时的实际行程如下：

三重县松阪市—福冈县北九州市小仓北区—大分县汤布院町—大分县由布市汤布院町—熊本县阿苏郡小国町—爱知县名古屋市—静冈县清水市

柘植的蒸发愿望在他的漫画中也多有体现。最早期的作品是发表在《GARO》1967 年 8 月刊上的《峠之犬》，作品里，柘植描绘了一只在某天突然消失的狗。《蒸发旅行日记》发表于 1981 年，但柘植原本完成的构想并不是文章而是漫画。在前往九州后不久，他在《GARO》1969 年 1 月刊与铃木志郎康的对话中提到过这一点。《蒸发旅行日记》最终没有被画成漫画作品的理由，是他在《GARO》1970 年 2 月刊和 3 月刊上连续刊载的两期同样也是以蒸发为主题的另一部漫画作品《柳屋主人》。

正如《蒸发旅行日记》中记载的那样，柘植的蒸发计划最后以失败告终。在《柳屋主人》发表后，他将近两年没有创作漫画。这期间，他在摄影杂志《朝日画报》上不定期地连载着日本全国之旅，本书中收录的许多"旅写真"（旅途照片）都是柘植本人当时拍摄的，怀念在经济高速增长时期日本那些被遗忘的，或者从现代的角度来看宛若"异世"的风景。《朝日画报》的采访成果后来被编入《流云之旅》

一书。

　　蒸发的第二年，1969 年 2 月，柘植与后来成为其妻子的藤原真喜子相遇并同居。他在接受《朝日画报》等杂志的委托之外，也会与藤原一起在日本各地旅行。与她的同居生活在漫画作品中也有所反映，20 世纪 70 年代初期，柘植的作品开始描绘年轻夫妇的日常生活。1975 年，儿子正助出生，像从前那般自由随性的旅行便一去不复返，与妻子或家人一起的旅行也仿佛是日常生活的延伸。取而代之的是柘植陷入的"非日常"梦境的世界。从 1976 年到 1980 年，柘植很多漫画作品都是直接以梦境为基础创作的。虽然梦境在柘植的创作活动中也占据了非常重要的位置，但由于篇幅所限，就不在此详述了。在本书《蒸发旅行日记》之前出版的，柘植的散文集《柘植义春与我》中收录了《梦日记》，希望将来有机会能被翻译成中文。

　　本书收录的《镰仓随步》一文中，柘植引用了道元禅师关于放下自我的一段话。"所谓学佛道者，即学自己也。学自己，即忘自己。"（道元《正法眼藏》）

　　　　禅所说的"悟""无我"，其实就是要消除自我。正因为自我受到了束缚，烦恼与痛苦也就随之而生了，只要没了自我，也就得到解放了。用禅的语言来说，就是达到了与天地融为一体的、自由自在的境界。

人因自我而备受困苦，可是，自我又是什么呢？原本就没这么个玩意儿嘛！——这就是禅给我们的教诲，其实也不仅限于禅，这也是佛教的基本教义。

要是用道元的话来说，达到了无的境界，自我消失后，他人自然也消失了。由于对立是基于自他之间的关系的，所以自我消失了，对立关系自然也就烟消云散。所以说与天地融为一体了……

（采访，1989 年 7 月）

我觉得所谓宗教的境界，就是指消灭自我之后的那种状态。就佛教而言，就是教人消灭自我、放下自我之类。那就是自我否定嘛。宗教总是叫人去忏悔，去反省，是吧。就算你没做过必须忏悔的坏事，也要不断地加以反省。其实就是在促使你自我否定。

自我这玩意儿，并不是与生俱来的，是吧。尽管有本能和遗传的因素，可自我意识还是基于人际关系而形成的。因此只要淡化这种关系，譬如说，像乞丐那样脱离了所有的人际关系，自我也就不复存在了。我觉得脱离了人际关系，就从基于人际关系而存在的自我中解放出来了，而这种"从自我中解放出来的状态"就是宗教的境界。

（采访，1991 年 12 月）

　　我老是"画"或"说"一些自我否定的内容，其实也并未做到自我否定。因为，要是真做到了彻底的自我否定，我也就活不下去了嘛。我觉得在自我否定前方，是有个自我肯定等在那儿的。

　　我是以我的方式寻求答案，以我的方式来画画的。

　　我觉得我画画的过程，就是不断接近答案的过程。

（采访，1993 年 2 月）

　　感觉这个世界本身就是被模拟出来的，是个模拟现实。

　　国家也好，世界也罢，一切都没什么根据。

　　可是，并非模拟的真正的现实，哪儿有啊？

　　说到底，只能在创作的世界里，去创造原本的、非模拟的世界。

　　我一直在为描绘那样的世界而苦苦挣扎着。

（采访，1997 年 7 月）

　　旅行、蒸发和梦境，柘植的作品总是在用怀疑的态度去审视现实社会，从这方面来看是在"逃避"。他本人也表示"我会逃避不喜欢的事"，这种说法乍一看可能会被视为消极的言论。柘植经常使用的"自我否定"一词也是一样。但是，通过逃避和自我否定，柘植的目的实则是消除自我。而"忘我"的目的不就是非二元对立（non-duality）的解脱吗。

　　我认为柘植对禅的解释，"自我本不存在"的想法的根源，与他在阅读中国古典时，从"没有心理描写"和"只叙述发生之事"所感受到的那种真实有相通之处。

　　　　　　　　　　　　　　　　　　　　　　浅川满宽

浅川满宽　1965 年生于神奈川，漫画学者，资深漫画编辑，《AX》的创始人之一，曾就职于《GARO》，担任柘植义春、辰巳嘉裕、平田弘史等人的责任编辑。现专注于海外"剧画"推广。

图书在版编目（ＣＩＰ）数据

贫困旅行记 /（日）柘植义春著 ; 徐建雄译 . -- 北
京 : 中国友谊出版公司 , 2024.1（2024.5 重印）
ISBN 978-7-5057-5752-3

Ⅰ . ① 贫… Ⅱ . ① 柘… ② 徐… Ⅲ . ① 散文集—日本
—现代 Ⅳ . ① I313.65

中国国家版本馆 CIP 数据核字 (2023) 第 230959 号

著作权合同登记号　图字：01-2023-5201

书名　**贫困旅行记**

作者　[日] 柘植义春

译者　徐建雄

出版　中国友谊出版公司

发行　中国友谊出版公司

经销　新华书店

印刷　北京天宇万达印刷有限公司

规格　880 毫米 × 1092 毫米　32 开

　　　9.5 印张　180 千字

版次　2024 年 1 月第 1 版

印次　2024 年 5 月第 2 次印刷

书号　ISBN 978-7-5057-5752-3

定价　68.00 元

地址　北京市朝阳区西坝河南里 17 号楼

邮编　100028

电话　（010）64678009